Dino

In der Buchreihe „Pferde – Freunde fürs Leben“
sind bisher erschienen:

Band 1: Sternentänzer – Das Rätsel um den weißen Hengst
Band 2: Sternentänzer – Das geheimnisvolle Mädchen
Band 3: Sternentänzer – Weißer Hengst in Gefahr
Band 4: Sternentänzer – Caro unter Verdacht
Band 5: Sternentänzer – Rettung für Lindenhain

Pferde
Freunde fürs Leben

Sternentänzer

Rettung für Lindenhain

Lisa Capelli

Band 5

Dino

Die Deutsche Bibliothek – CIP-Einheitsaufnahme
Ein Titeldatensatz für diese Publikation ist bei der Deutschen Bibliothek erhältlich.

*Dieses Buch wurde auf chlorfreiem,
umweltfreundlich hergestelltem
Papier gedruckt.*

Sternentänzer, Band 5 – Rettung für Lindenhain

Rotebühlstraße 87, 70178 Stuttgart

Dino ist ein Imprint der Panini Verlags GmbH.

Chefredaktion: Claudia Weber
Redaktion: Sonja Wittlinger
Lektorat: Heike Berthold
Umschlag: TAB Werbung, Stuttgart
Fotos: Sorrel; Mauritius
Satz: Greiner & Reichel, Köln
Druck: Panini S. p. A. Modena, Italien
ISBN: 3-8332-1049-4

www.panini.de

Rettung für Lindenhain

In einer stürmischen Vollmondnacht schlägt ein Blitz in eine jahrhundertealte Eiche und eine Sternschnuppe fällt vom Himmel. Im gleichen Moment wird ein wunderschöner Schimmel mit einem kleinen schwarzen Stern auf der Stirn geboren.

Gefahr für Lindenhain

Es war ein herrlicher Sommertag. Die Vögel zwitscherten um die Wette, die Blumen dufteten und die Temperaturen waren ideal für einen Ausritt ins Grüne.

Carolin, genannt Caro, trat kräftig in die Pedale ihres Bikes. „Komm schon, du lahme Ente“, rief sie fröhlich nach hinten, wo ihre beste Freundin Lina bereits atemlos zu schnaufen begann. „Die Pferde warten schon.“

Lina winkte nur ab und gab das Rennen schließlich auf.

Carolin machte langsamer, bis Lina mit ihr auf einer Höhe war und bog dann neben ihr in die Einfahrt zum Reiterhof Lindenhain ein.

„Oh nein!“, stieß sie plötzlich hervor und bremste abrupt ab.

„Was ist los?“, fragte Lina überrascht.

„Gunnar raucht. Das ist ein schlechtes Zeichen.“ Carolin deutete mit dem Finger auf den Eingang zum Haupthaus, wo Gunnar Hilmer, der Chef von Lindenhain, mit einem Zwei-Meter-Mann stand und so kräftig an der Zigarette zog, dass sich in seinen Wangen zwei Löcher, tief wie Baugruben, bildeten. Eigentlich war Gunnar Nichtraucher, aber wenn er so richtig Sorgen hatte, dann griff er irgendwie automatisch zu einem Glimmstängel. Vicky, seine Lebensgefährtin, stand neben ihm und machte ebenfalls ein betrübtes Gesicht.

„Weißt du, wer der Riese neben ihm ist?", erkundigte sich Lina und Carolin zuckte mit den Schultern.

„Keine Ahnung. Sieht aber offiziell aus." Sie begutachtete den edel geschnittenen Nadelstreifenanzug und die dunkle Krawatte des Fremden.

Lina fuhr sich mit der Hand durch ihre rote Mähne und begann damit, einzelne Strähnen zu entwirren, die der Fahrtwind durcheinandergebracht hatte. Carolin bewunderte Linas Haare, doch in Momenten wie diesen war sie froh um ihren praktischen Kurzhaarschnitt. Da gab es nichts zu entwirren. Einmal kurz mit den Fingern durchzufahren, war meist schon ausreichend.

„Schauen wir uns das mal aus der Nähe an", schlug Lina vor und lehnte ihr Bike an den Weidezaun.

In diesem Augenblick gab der Zwei-Meter-Mann Gunnar die Hand und ging dann mit großen Schritten zu seinem Wagen, der auf dem Hof geparkt war. Gunnar schnippte die Zigarette weg und trat sie so vehement aus, als wolle er sie tief in den Boden rammen.

„Hi Gunnar", grüßte Carolin. „Alles in Ordnung?"

„Was?" Gunnar blickte auf. Sein Blick ließ nichts Gutes ahnen. „Nein, es ist überhaupt nichts in Ordnung", brummte er düster und schlurfte ohne eine weitere Erklärung ins Haupthaus.

„Was ist denn mit dem los?", wandte Carolin sich an Vicky.

„Das war eben Christian Rodeck von der Bank", erklärte

sie, während sie ihre langen dunklen Haare mit einem Gummi zusammenband, das sie an ihrem Handgelenk trug.

„Und was wollte er?"

Vicky verzog das Gesicht. „Es sieht nicht gut aus für Lindenhain."

Carolin blickte sie mit großen Augen an. „Was meinst du damit?"

„Gunnar braucht Geld, um den Hof wieder fit zu machen, aber das hat er nicht mehr. Also müsste ein Kredit her. Na ja, und nach dem Brand und den vielen negativen Schlagzeilen der letzten Zeit, hält die Bank es für ziemlich riskant in Lindenhain zu investieren."

„Und das bedeutet?", wollte Carolin entsetzt wissen, obwohl sie es bereits ahnte. Bei dem Gedanken, dass ihr geliebter Reiterhof in Gefahr sein könnte, bekam sie eine Gänsehaut. Oben auf einem Hügel gelegen, zwischen großen alten Linden, mit einem langen hellgelben Stall, war er für sie zu einer zweiten Heimat geworden. Im letzten Jahr hatte Gunnar den Reiterhof zu einem Ferienreiterhof umgebaut, aber schon mit den ersten Gästen, einer Gruppe Kinder aus dem Landschulheim, hatte es Schwierigkeiten gegeben. Einer der Jungen, Danny Martens, hatte ein Problem mit Pferden gehabt, weil seine Schwester seit einem Reitunfall gelähmt war. Aus einer Art krankhafter Rache für seine Schwester hatte er erst das Pony Sophia vergiftet und dann Lindenhain in Brand gesteckt.

Vicky hob die Schultern. „Noch ist nichts entschieden. Herr Rodeck will noch einmal mit seinem Chef sprechen." Sie seufzte tief. „Ich sehe lieber mal nach Gunnar. Vielleicht backe ich ihm ja zur Aufmunterung einen Kuchen."

Trotz ihrer Sorge musste Carolin ein wenig lächeln. Vicky war im Kuchenbacken ungefähr so gut wie ein Pferd im Pullistricken. Carolin versenkte ihre Hände tief in den Hosentaschen und blickte nachdenklich zur Weide, wo ihr ein wunderschöner weißer Araber mit einem schwarzen Stern auf der Stirn entgegen wieherte. Sein herrliches Fell glänzte in der Sonne und seine seidenweiche, mondhelle Mähne umrahmte seinen edlen schlanken Hals.

„Was geschieht dann mit uns, Sternentänzer?“, murmelte sie traurig und senkte den Kopf. Sternentänzer war ihr über alles geliebtes Pferd, mit dem sie schon viele Abenteuer überstanden hatte.

„Caro, du hast doch gehört. Noch ist nichts entschieden“, riss Lina sie aus ihren Gedanken. „Bestimmt finden sie eine Lösung.“

„Wahrscheinlich hast du Recht“, nickte Carolin entschlossen. Doch tief drinnen hatte sie ein verdammt schlechtes Gefühl.

Lina legte die Hand über ihre Augen und schaute zu Sternentänzer. „Wo ist eigentlich Silberstern?“

Suchend folgte Carolin ihrem Blick. Silberstern war Sternentänzers Fohlen. Er war genau wie sein Vater in einer wilden, stürmischen Vollmondnacht geboren worden und hatte sich seitdem prächtig entwickelt. Allerdings machte ihr das pechschwarze Hengstfohlen seit einigen Tagen große Sorgen. Es fraß nicht mehr richtig, wich kaum mehr von der Seite seiner Eltern und tobte nur noch selten ausgelassen über die Weide.

Beunruhigt liefen die beiden Mädchen hinüber zu dem langen hellgelben Stall. Dort stand Silberstern dicht an seine rabenschwarze Mutter Cinderella gedrängt, die gerade eines der anderen Pferde mit einem wütenden Schnauben zu vertreiben versuchte.

„He, was ist denn hier los?"

Als Silberstern Carolin erblickte, wieherte er leise und kam auf sie zu. Für einen Moment schwand die Traurigkeit aus seinen schwarzen Kohleaugen. Liebevoll legte Carolin ihren Kopf an seinen seidenweichen Hals und streichelte ihm zärtlich über den kleinen weißen Keilstern auf der Stirn.

„Vielleicht ist er krank und wir sollten den Arzt holen?", überlegte Lina.

„Ja. Und wenn möglich einen ziemlich stark behaarten mit vier Beinen, der wiehert und höchstens in Silbersterns Alter ist", grinste Nick, der Mann für alles auf Lindenhain, und fuhr sich mit der Hand durch seine kurzen blonden Haare.

„Warum das?" Carolin sah ihn fragend an.

„Silberstern ist nicht krank, er vermisst Kumpels."

„Was denn für Kumpels?" Carolin begriff immer noch nichts.

„Spielkameraden, andere Fohlen in seinem Alter, mit denen er herumtollen kann, Streiche aushecken, Spaß machen", erklärte Nick.

„Aber er hat doch Sternentänzer und die anderen …", meinte Carolin.

Nick grinste. „Das ist aber nicht dasselbe. Unter den ausgewachsenen Tieren bekleidet er nun einmal den niedrigsten Rang. Und hier gibt es nicht wirklich ein Pferd, mit dem er sich messen und seine Stellung behaupten kann. Das findet er nicht gerade spaßig. Er braucht Gleichaltrige um sich, damit er sich richtig entwickeln kann."

Carolin liebkoste die zarten Nüstern von Silberstern. „Der Ärmste! Wir bräuchten also ganz dringend neue Fohlen."

Nick nickte. „Die würden ihn sicher schnell wieder aufmuntern. Aber woher nehmen?"

„Wie wär's, wenn wir ein Treffen arrangieren? Oder einen Austausch?" Carolin war Feuer und Flamme. „Wir geben eine Anzeige in der Zeitung auf oder im Internet: *Fohlen gesucht.* Bestimmt gibt es in der Gegend noch andere einsame Herzen …"

„Mal langsam, Caro", winkte Nick ab. „Ich fürchte, Lindenhain hat im Moment ganz andere Probleme. Und bevor du Gunnar damit überfällst …"

„Nick!", brüllte es auf einmal durch den Stall. Es war Gunnar. „Du wolltest doch noch den Zaun reparieren!"

Nick seufzte. „Also dann!"

Carolin ließ sich auf einen Strohballen plumpsen. „Wenn es mal nicht gut läuft, dann gleich überall, oder?"

Lina zupfte einen Strohhalm und steckte ihn sich in den Mund. „Gesetz der Serie. Seit diesem schrecklichen Brand …"

„… und seit Danny", ergänzte Caro und ihre haselnussbraunen Augen schimmerten verdächtig.

Lina strich ganz sacht über Carolins kurzes kastanienbraunes Haar. „Der Typ liegt dir immer noch ganz schön im Magen, hm?"

Carolin schüttelte den Kopf. „Schon okay", behauptete sie tapfer. Doch ihr Herz schmerzte immer noch, wenn sie an ihn dachte. Danny Martens aus dem Landschulheim mit den blauen Augen und den blonden Stoppelhaaren …

Sie hatte sich Hals über Kopf in ihn verliebt. In manchen Augenblicken konnte sie noch immer seine Lippen fühlen. Alles hatte so schön angefangen, doch dann hatte sein Hass gegen Pferde ihn überwältigt … Carolin seufzte tief. „Ich hoffe so sehr, dass Gunnar das mit der Renovierung auf die Reihe bekommt." Ihr Blick blieb sorgenvoll an Silberstern hängen, der lustlos an ein paar Gräsern nagte. „Schätze, ich sollte Ferdi informieren", meinte sie dann.

Ferdinand Reifenbach war der Besitzer von Cinderella und lebte in Berlin. Carolin hatte ihn kennen gelernt, als er Ferien bei seiner Tante Teodora in Lilienthal gemacht und Cinderella auf Lindenhain untergestellt hatte. Sternentänzer hatte sich sofort in die bildschöne schwarze Araberstute verguckt. Seitdem waren die beiden – inzwischen mit Silberstern die drei – unzertrennlich.

Lina spuckte den Strohhalm aus. „Gute Idee", betonte sie übertrieben. „Wenn einer in Bezug auf Pferde Rat weiß, dann ganz bestimmt Ferdi." Ferdinand wollte eigentlich Eishockeyspieler werden und kannte sich mit Pferden in etwa so gut aus wie mit Puppen. Aber ansonsten war er schwer in Ordnung.

Carolin zuckte mit den Schultern. „Das vermutlich nicht, aber seine Cinderella ist immerhin die Mutter von Silberstern. Damit gehört das Fohlen zur Hälfte ihm."

Noch am gleichen Abend setzte sich Carolin an den Computer ihrer Mutter, schrieb eine drei Seiten lange E-Mail nach Berlin und berichtete Ferdinand von ihren Sorgen.

Es gab Tage, da war die Schule richtig in Ordnung. Nicht sehr viele, aber ein paar. Es waren die Tage kurz vor den Sommerferien. Da waren Lehrer wie Schüler guter Laune und in Gedanken schon längst bei ihren Ferienzielen. Sogar Caro ließ sich von der guten Stimmung anstecken und konnte für eine Weile ihre Sorgen wegen Lindenhain und Silberstern vergessen.

„Ich fahre mit meinen Eltern in einen Superclub in die Türkei", verkündete Julia Schlupf gerade, als Carolin das Klassenzimmer betrat. „Total genial. All inclusive. Wasserski, Wavebord, Paragliding und lauter schicke Leute, sagt mein Vater. Außerdem …", sie wackelte verführerisch mit den Hüften und warf ihre langen blonden Haare nach hinten, „… mach ich dort natürlich einen Bauchtanzkurs."

Julias Familie gehörte die Strumpffirma *Cecilia*. Ihre Eltern hatten Geld wie Heu, was Julia immer wieder betonte. Dadurch wirkte sie oft recht arrogant, aber im Grunde genommen war sie ganz okay.

„Wir verbringen die Ferien wie jedes Jahr an der Nordsee", verkündete Heike strahlend. „Ich freu mich auch schon total auf meine Strandclique."

„Vor allem auf deinen süßen Chris, hab ich Recht?", zog Julia sie auf.

Prompt bekam Heike einen knallroten Kopf. „Ja, klar. Auf den auch." Sie verdrehte schwärmerisch die Augen. „Der ist so was von cool! Und der beste Surfer am ganzen Nordseestrand."

„Ich bleib hier und mach den Baggersee unsicher", verkündete Tina.

„Du meinst wohl eher die Eisdiele", kicherte Julia.

„Oh ja!“, seufzte Ex-und-wieder-Pummel Tina. „Für eine doppelte Portion von Emilios Sahne-Stracciatella-Eis mit den Mega-Schokobrummern kann mir selbst der schönste Strand gestohlen bleiben!“ Tina führte einen ewigen Kampf mit den Pfunden. In den letzten Ferien hatte ihre Mutter sie zum Abspecken geschickt und Tina war auch tatsächlich rank und schlank zurück gekommen. Aber das war Geschichte. Inzwischen konnte man schon wieder die Speckröllchen unter ihrem T-Shirt zählen. Dennoch fühlte sie sich pudelwohl und war meistens gut drauf.

„Und was ist mit dir?“, wandte sich Julia an Carolin.

Carolin zuckte mit den Schultern. „Wegfahren ist bei uns nicht drin. Ich mach mir einen schönen Sommer mit Sternentänzer und Silberstern auf Lindenhain“, sagte sie und blickte zu Boden. „Das hoffe ich zumindest“, fügte sie leise hinzu, doch Julia hatte sich schon abgewandt und musterte Lina mit skeptischen Blicken.

„Dich brauch ich ja wohl nicht zu fragen. Cluburlaub ist vermutlich beim Kräuterverkauf nicht drin.“ So verwöhnt, wie Julia war, konnte sie mit Lina, die lange Röcke und dicke Schnürstiefel trug, einfach nichts anfangen. Dass Linas Eltern im Wohnwagen lebten, von einem Jahrmarkt zum anderen zogen und Kräuter verkauften, erschien ihr irgendwie anrüchig.

Bevor Lina auf Julias Frage antworten konnte, läutete die Glocke zum Unterricht.

„Good Morning.“ Peggy Strawberry trat durch die Tür.

Englisch in der ersten Stunde. Carolin lehnte sich zurück. Das versprach einigermaßen gemütlich zu werden. Doch weit gefehlt.

„Nun wollen wir uns mal die Hausaufgaben vornehmen", begann Miss Strawberry und blickte sich suchend um. „Carol, would you start, please? Thank you!"

Oh, Mist!, dachte Carolin. Vor lauter Sorgen hatte sie die Hausaufgaben in Englisch völlig verschwitzt. „Ich hab total, ich meine … I have forgotten my homework, I'm very sorry", stotterte sie los.

Miss Strawberry kniff die Augen zusammen und blickte sie streng an. „Completely forgotten. Soso. Und du machst dir nicht einmal die Mühe, my dear Carol, irgendeine Ausrede zu erfinden. So etwas wie …" Sie fuchtelte wild mit den Armen durch den Raum.

„Mein Pferd hat mein Heft verspeist", half Julia kichernd aus.

„Thank you, Julie, something like that. Zur Strafe schreibst du bis morgen 15 Ausreden auf. In english, versteht sich."

„Na toll." Carolin ließ den Kopf noch tiefer sinken. Gesetz der Serie, wie Lina sagte.

Ihre Mutter, Ines Baumgarten, hing am Telefon, als Carolin nach Hause kam. Seit sich ihre Eltern vor zwei Jahren getrennt hatten, lebte Carolin allein mit ihr in der Doppelhaushälfte in der Breitensteinstraße 9 in Lilienthal.

„Nein, Florentine, das hätte ich nicht von ihm gedacht. Ich trau ihm ja vieles zu, aber so was …", hörte Carolin Ines schimpfen, als sie das Haus betrat. Florentine war die beste Freundin ihrer Mutter und Eigentümerin der einzigen Boutique, *Chez Florentine*, in Lilienthal. Derjenige, über den sie gesprochen hatten, war Paul, Carolins Vater. Vor über zwei Jahren schon war er von zu Hause ausgezogen. Damals hatte er sich Hals über Kopf in Rosanna, seine Sekretärin, verliebt. Am Anfang hatte Carolin noch schrecklich darunter gelitten, aber mittlerweile kam sie gut damit klar. Seit er allerdings vor ein paar Tagen die Scheidung eingereicht hatte, drehte ihre Mutter ständig durch.

„Hi Mam“, murmelte Carolin und stockte überrascht. Sie musste zweimal hinsehen. Ihre Mutter sah völlig verändert aus. Statt langer dunkelblonder Spaghettihaare trug sie einen frechen Kurzhaarschnitt in verschiedenen Rottönen. Dazu ein ungewohnt kräftiges Augen-Make-up und knallroten Lippenstift.

„Hi Schatz.“ Ines deutete mit dem Kopf in Richtung Küche. „Ich hab uns leckeren Backfisch mitgebracht. Hatte keine Zeit zum Kochen.“ Sie deutete auf ihre Haare. „War beim Friseur. Also, wo war ich …“, widmete sie sich dann wieder dem Telefon.

Carolin sah sich suchend in der Küche um. Auf dem Tisch lag ein unförmiges Paket, das eindeutig nach Fisch roch. Skeptisch tippte sie es mit dem Finger an. Es war eiskalt. Ines musste schon seit Ewigkeiten am Telefon hängen. *Na toll. Erstens Fisch und zweitens kalt. Igittigitt.* Carolin holte sich das Glas mit dem Schoko-Brotaufstrich aus dem Kühlschrank, packte ein Brötchen fingerdick mit der Schokocreme voll und biss hinein. Nervennahrung. *In Zeiten wie diesen bräuchte ich dreimal am Tag solche Brote und dazu eine Überdosis weiße Gummibärchen.* Als ihre Mutter nach der zweiten Portion immer noch am Telefon hing, verzog sich Carolin nach oben in ihr Zimmer. Sie setzte sich an den Schreibtisch und strich liebevoll über Sternentänzers Nüstern auf dem in Silber gerahmten Bild.

„Mein lieber, schöner Sternentänzer", seufzte sie dabei und kramte dann ihre Hefte aus der Schultasche. Bevor sie sich jedoch an die Englischaufgabe machte, beschloss sie, doch noch einen Blick ins Internet zu werfen. *Vielleicht finde ich ja einen Spielkameraden für mein armes Silbersternchen.*

„*Sie haben Post!*", blinkte es ihr entgegen, als sie den Computer im Zimmer ihrer Mutter anmachte. Es war eine Mail von Ferdi.

Der Plan

„*Hi Carolinchen*“, begann die Mail. *Carolinchen?* Carolin musste grinsen. *Was ist denn mit dem los?* Sie schüttelte amüsiert den Kopf und las dann weiter. „*Ich habe mit meiner Mutter über dein Problem gesprochen. Dabei erzählte sie mir, dass sie ohnehin vorhatte, Cinderella wieder nach Berlin zu holen, um sie nun doch zu einem Turnierpferd ausbilden zu lassen. Und da Cinderella ohne Silberstern sicher keinen Schritt machen würde, haben wir uns hier schon einmal nach einem passenden Plätzchen für die beiden umgesehen. In der Nähe von Berlin gibt es ein Gestüt mit einer Herde extra für Fohlen. Silberstern würde da richtig gut reinpassen und wenn ich das richtig verstanden habe, brauchst du ja wohl auch ein bisschen Abstand von deinem Nest. Großstadtluft schnuppern hebt die Laune ganz kolossal. Also, sag einfach Bescheid, dann kann meine Mutter einen Transporter bestellen. Ich erwarte eine positive Antwort, ciao und bis bald, Ferdi.*“

Mit einem Satz sprang Carolin von ihrem Stuhl auf und warf ihn dabei zu Boden. Sommerferien in Berlin, mit Cinderella und Silberstern. Und sicher konnte auch Sternentänzer mitkommen! Schnell wie ein Blitz fegte sie die Treppe herunter, um Ines von der freudigen Nachricht zu berichten.

Ines war nicht mehr am Telefon, sondern hockte am Küchentisch vor dem geöffneten Paket Backfisch und starrte missmutig auf das braune Gebilde.

„Stell dir vor, was passiert ist!“, platzte Carolin heraus.

„Was denn?“

„Ferdi hat mich nach Berlin eingeladen! Mit Cinderella und Silberstern. Und bestimmt auch mit Sternentänzer.“

„Eingeladen?“ Ines nahm eine Gabel und stocherte in dem Fisch herum.

Carolin tanzte durch die Küche. „Wir sollen zu ihm kommen! Nach Berlin.“

Ines ließ die Gabel sinken, faltete das Paket samt Fisch zusammen und warf es in den Mülleimer. „Und wie stellst du dir das vor?“ Fragend musterte sie Carolin. „Wie willst du mit den Pferden im Gepäck hinkommen?“ Sie seufzte. „Berlin ist teuer. Wo willst du wohnen? Und wer soll das alles bezahlen?“

„Für den Transport würde Ferdis Mutter sorgen. Und eine Wohnung …“ Sie zuckte mit den Schultern. „Wir werden bestimmt irgendetwas finden.“

Ines schüttelte den Kopf. „Das können wir uns nicht leisten. Und ich habe auch nicht die Zeit, jetzt nach Berlin zu fahren. Mir steigt gerade alles irgendwie über den Kopf.“

Mutlos ließ Carolin die Schultern sinken und ihre Mutter stand auf und legte die Arme um sie. „Denk nicht, dass ich es dir nicht gönnen würde! Ich wünsche dir die schönsten

Sommerferien aller Zeiten, aber“, sie zuckte mit den Schultern, „ich weiß einfach nicht, wie wir künftig über die Runden kommen sollen. Da sind so teuere Extras wie Urlaub mit drei Pferden einfach nicht drin, Caro.“

„Und wenn ich Paps frage? Vielleicht kann er uns das Geld geben?“

Ines funkelte sie an, als hätte sie eben um Erlaubnis gefragt, den Rest ihres Leben die Schule schwänzen zu dürfen. „Denk nicht mal daran, Caro. Das kommt überhaupt nicht in Frage!“

„Aber warum denn?“

„Carolin, ich habe Nein gesagt. Ich will nicht, dass du deinen Vater fragst. Akzeptiere das bitte.“

„Das ist nicht fair!“ Carolin stampfte wütend mit dem Fuß auf.

„Sei nicht traurig“, versuchte Ines sie zu trösten. „Wir machen es uns hier schön. Wir gehen ins Schwimmbad, in den Zoo, Eis essen, …“

„Cool“, nickte Carolin und knurrte leise. *Auf die Sommerferien kann ich mich ja richtig freuen.*

Missmutig radelte sie nach Lindenhain. Natürlich war die Bahnschranke, die Lilienthal in zwei Hälften unterteilte, geschlossen, als sie sie erreichte. Die Bahnschranke war eines von Carolins Orakeln. War sie geschlossen, galt dies als schlechtes Omen, und wie meistens sollte das Orakel auch diesmal Recht behalten.

Auf Lindenhain schien jeder schlechte Laune zu haben.

Gunnar schlich herum mit einer Miene wie Sieben-Tage-Regenwetter und Vicky sah kaum glücklicher aus. Ihre Mundwinkel schienen bis zum Knie zu hängen.

„Was ist denn hier schon wieder los?", erkundigte sich Carolin, als sie ihr Bike neben das Haupthaus stellte.

„Frag Gunnar!", brummte Vicky und verschwand im Haus.

„Was gibt's, Gunnar?"

Gunnar zog eine Zigarette aus der Schachtel, die er im Moment offenbar ständig mit sich herumtrug, und steckte sie an. Er nahm einen tiefen Zug. „Probleme, nichts als Probleme, Caro. Überall", sagte er dann.

„Was denn?"

„Dieser verdammte Brand bricht uns noch das Genick." Er blies helle Kringel in die Luft. „Alles lief schon so gut. Der Anbau, die Ferienkinder und dann das verdammte Feuer." Sorgenvoll blickte er zu der Ruine, wo das neue, schmucke, zweistöckige Gästehaus mit rot-weiß gestrichenen Fensterläden gestanden hatte.

„Was ist denn mit dem Kredit von der Bank?", erkundigte sich Carolin.

Gunnar zuckte mit den Schultern. „Die prüfen noch die Unterlagen. Fast täglich rufen sie an und brauchen noch Zusatzinfos. Es dauert und dauert. Und am Ende kommt doch nichts dabei heraus." Er nahm wieder einen tiefen Zug. „Das geht langsam ganz schön an die Substanz, das kannst du mir glauben." Damit wandte er sich ab und schlurfte ins Haus.

„Dämliche Karre! Verdammter Dreck!", hörte sie plötzlich ein Fluchen. Es war Nick. Offenbar war auch er ein Opfer der allgemeinen schlechten Laune. Er kam gerade aus dem Stall und rollte einen Schubkarren voll Mist über den Hof. Dabei schimpfte und fluchte er, wie Carolin es noch nie zuvor von ihm gehört hatte.

Carolin lief zu ihm. „Hey Nick. Alles in Ordnung?"

„Caro." Nick nickte nur kurz und kippte die Mistladung auf den Misthaufen. „Mir steht's bis oben hin!", knurrte er dabei. „Gunnar soll seinen Kram allein machen!"

„Warum?", wunderte sich Carolin, die ihn noch nie so mürrisch gesehen hatte.

Nick deutete mit dem Kopf in Richtung Haupthaus. „Gunnar zerfließt vor Selbstmitleid und mit seiner schlechten Laune geht er mir langsam auf den Wecker. Plötzlich ist jeder, mit dem er auch nur irgendwie zu tun hat, an seinen Problemen schuld. Ich kann es nicht mehr hören!"

„Er hat Probleme mit der Bank", meinte Carolin.

„Ja und?" Nick stieß den Schubkarren in die Ecke. „Meinst du, es wird besser, wenn er den Kopf einfach in den Sand steckt? Er müsste irgendetwas unternehmen! Sponsoren suchen, Turniere veranstalten, Events planen, was weiß ich! Aber so?" Er wischte die Hände an seinem Overall ab. „Lindenhain ist mein Leben. Ich liebe diese Arbeit. Wenn über den Hügeln hinter den mächtigen Linden die Sonne aufgeht, wenn mir die Pferde am Morgen entgegenwiehern, bin ich zufrieden, dann geht's mir gut. Aber wenn das so weitergeht hier …"

Carolin sah ihn erschrocken an. „Was meinst du damit?"

„Dann muss ich mir einen anderen Job suchen."

„Was?" Carolin hob entgeistert die Brauen. „Das geht doch nicht. Du gehörst doch zu Lindenhain!"

Nick zuckte mit den Achseln. „Caro, ich muss auch sehen, wo ich bleibe. Gunnar schuldet mir schon zwei Monatsgehälter. Ich muss meine Miete bezahlen und mein Motorrad funktioniert leider auch nicht mit einer Ladung Stroh …"

„Vielleicht klappt das ja noch mit der Bank", meinte Carolin und drückte ganz fest beide Daumen.

„Vielleicht." Nick hob die Hände und marschierte zurück in den Stall.

Silberstern stand dicht bei Cinderella und Sternentänzer auf der Weide und kaute gelangweilt an einem Grasbüschel.

Carolin hockte sich auf das Gatter und beobachtete das Fohlen. *Wenn ich nur wüsste, wie ich meine Mutter davon überzeugen könnte, doch noch nach Berlin zu fahren*, überlegte sie. *Oder wenn ich nur hier einen Freund für dich finden könnte!*

Urplötzlich packte sie eine Hand von hinten und Carolin schrie überrascht auf. Beinahe wäre sie kopfüber auf die Weide geplumpst.

„Mann, bist du schreckhaft." Lina setzte sich neben Carolin auf das Gatter. „Ich bin's doch nur!"

„Schau ihn dir an!", sagte Carolin statt einer Antwort und deutete auf Silberstern. „Es tut mir richtig weh, ihn so lustlos zu sehen."

„Stimmt", nickte Lina. „Das arme kleine Silbersternchen."

„Ferdi hat übrigens zurückgemailt."

„Und?“

„Er hat eine Fohlenherde auf einem Reiterhof in Berlin gefunden, in die Silberstern hineinpassen würde.“

Lina klatschte begeistert in die Hände. „Super! Das ist doch die Lösung!“

„Von wegen! Ich kann nicht mitkommen. Meine Mutter hat weder die Zeit noch das Geld für einen längeren Urlaub in Berlin. Ich muss Silberstern und Cinderella allein fahren lassen, und ich habe Angst, dass Sternentänzer das nicht gut verkraftet.“ Sie erinnerte sich daran, wie traurig und verzweifelt er gewesen war, als man ihn schon einmal von seiner geliebten Cinderella getrennt hatte. Und auch die schwarze Araberstute war zu nichts mehr zu gebrauchen gewesen, bis Ferdinands Mutter schließlich eingewilligt hatte, sie zurück nach Lindenhain zu schicken.

Lina überlegte einen Moment, dann funkelten ihre schönen grünen Augen plötzlich. „Ich glaube, ich habe eine Idee!“

„Ach ja?“

„Mein Onkel Rocco wohnt doch in Berlin. Ich komme einfach mit. Dann können wir bei ihm wohnen.“

Rocco war Linas völlig schräger Onkel und Taufpate. Er war Feuerschlucker und konnte mit seinem Feuerhauch sogar eine Zigarette anzünden. Lina liebte ihn inbrünstig. Er hatte ihr beigebracht, wie man Fahrrad fährt, schwimmt, Knoten knüpft und wie man sich selbst verteidigt. Sechs Jahre war er komplett aus ihrem Leben verschwunden gewesen. Angeblich auf Weltreise. Dann war er letztes Jahr urplötzlich wieder aufgetaucht. Offenbar hatte er die Schuld seiner damaligen Freundin Stella für Diebstähle auf sich genommen und deshalb verschwinden müssen. Aber er war nur kurz in Lilienthal geblieben. Er hatte das Angebot für eine große Feuerschlucker-Show in Berlin bekommen und war umgezogen.

Carolin schüttelte den Kopf. „Ich glaube nicht, dass meine Mam sich darauf einlässt."

„Warum nicht? Frag sie doch einfach. Und Rocco würde sich riesig freuen."

Carolin hatte es geahnt. Ines freute sich nicht. Sie lag auf der Terrasse im Liegestuhl und blätterte gelangweilt durch eine Klatschzeitung, als Carolin ihr die vermeintlich freudige Nachricht verkündete.

„Was?", fuhr Ines entsetzt auf. „Du und Lina allein in Berlin? Bei einem Feuerschlucker? Mein liebes Kind, du glaubst doch nicht im Ernst, dass ich dir das erlauben werde."

Carolin hockte sich neben den Liegestuhl. „Mam, das ist nicht irgendein Feuerschlucker. Das ist Linas Onkel. Ich kenn ihn doch schon. Der ist echt nett."

Ines blätterte geräuschvoll weiter. „Das kannst du dir sofort abschminken. Und ich wünsche keine weitere Diskussion."

„Aber Mam! Es ist doch wegen Silberstern. Er ist so unglücklich ..."

Ines warf die Zeitung in die Ecke. „Ich werde dich doch nicht nach Berlin schicken, weil sich irgendein Pferd einsam fühlt!"

„Mam, bitte!"

Ines wandte sich ihrer Tochter zu. „Ich will jetzt kein Wort mehr davon hören. Dein ganzes Leben dreht sich nur noch um Pferde. Das muss sich ändern. Dafür werde ich schon sorgen!"

Carolin sah ihre Mutter fassungslos an. „Das kannst du nicht machen!"

Ines stand auf und ging ins Wohnzimmer. „Und ob ich das kann, meine Liebe."

Carolin lief ihr nach. „Du bist ungerecht", schrie sie zornig. „Du lässt doch nur deine Wut auf Paps an mir aus!"

Ines blieb wie angewurzelt stehen. Dann drehte sie sich um. Sie war kalkweiß. „Geh auf dein Zimmer, sonst …"

Carolin lief in ihr Zimmer, warf die Tür hinter sich zu und lehnte sich schwer atmend gegen das Fenster.

Kurze Zeit später klopfte es.

„Lass mich!", schrie Carolin.

Ines kam trotzdem rein. Sie war immer noch blass. „Ich habe deinen Vater angerufen. Wenn er meint, er kann sich mit der Scheidung jeglicher Verantwortung entziehen, dann täuscht er sich. So leicht geht das nicht. Das geht auch ihn etwas an!"

Carolin starrte demonstrativ aus dem Fenster. Es gab Momente, in denen sie ihre Mutter am liebsten auf den Mond schießen würde. Dieser war einer davon.

„Soll er dir doch die Flausen aus dem Kopf treiben. Warum immer nur ich?"

Carolin starrte weiter aus dem Fenster, doch sie merkte an der zittrigen Stimme ihrer Mutter, dass sie den Tränen nahe war. Fast schon tat sie Carolin Leid. *Aber was soll's?*

Sie ist selbst schuld. Erst so doofe Sprüche über meine geliebten Pferde loslassen, dann meine Sommerferien kaputt machen.

Wenig später klopfte es wieder. Carolin kauerte auf ihrem Bett und blätterte lustlos in einer Pferdezeitschrift.

„Caro, ich bin's. Lässt du mich mal kurz rein?"

„Paps!" Carolin sprang auf, öffnete die Tür und fiel ihrem Vater überschwänglich um den Hals. „Paps!" Seine Besuche bei ihnen waren in letzter Zeit ausgesprochen selten gewesen. Dennoch freute Carolin sich jedes Mal tierisch darüber, ihn wiederzusehen.

„He Süße, du erdrückst mich ja!"

Hinter ihrem Vater drängelte sich Ines ins Zimmer. „So, und jetzt frag deinen Vater, ob er das erlaubt."

Paul setzte sich auf Carolins Bett. „Deine Mutter hat mich angerufen und erzählt, dass es Probleme gibt. Worum geht es denn?"

„Deine Tochter hat nur noch Pferde im Kopf. Und einen völlig verrückten Plan."

Carolin warf ihrer Mutter einen bösen Blick zu und setzte sich neben ihren Vater.

„Was für einen Plan hast du denn?", erkundigte sich Paul.

„Sie will mit ihren Pferden nach Berlin fahren und die ganzen Sommerferien dort bei einem Feuerschlucker wohnen", platzte es aus Ines heraus. „Was hältst du davon?"

Paul sah seine Tochter an. „Das klingt allerdings ziemlich verrückt. Da muss ich deiner Mutter Recht geben."

„Aber Paps! Das ist doch ganz anders! Mam erzählt das alles völlig verkehrt.“

Paul strich ihr über die Haare. „Dann lass mal deine Version hören.“

„Erstens fahre ich mit Lina Schniggenfittich, meiner besten Freundin, nach Berlin. Zweitens ist der Feuerschlucker, bei dem wir wohnen können, ihr Onkel. Der ist total nett. Ich kenne ihn bereits von seinem Besuch hier. Und drittens müssen wir unbedingt Sternentänzers Fohlen helfen. Auf Lindenhain gibt es nämlich keine gleichaltrigen Tiere, was jedoch notwendig wäre für seine Entwicklung“, zitierte sie Nick und fuhr sich nervös durch die Haare. „In Berlin dagegen schon.“

„Verstehe.“ Paul runzelte die Stirn. „Das klingt schon nicht mehr ganz so furchtbar.“

Als Carolin merkte, dass sie bei ihrem Vater Chancen haben könnte, bohrte sie hastig weiter. „Außerdem möchte die Besitzerin von Silbersterns Mutter ihre Stute ohnehin wieder nach Berlin holen und würde für den Transport sorgen.“

Ihr Vater hob die Hände. „Du scheinst ja alles recht gut durchdacht zu haben.“

„Heißt das, du erlaubst es?“ Hoffnungsvoll blitzten ihre Augen.

„Du würdest sie so einfach nach Berlin fahren lassen?“ Ines schnappte nach Luft. „Liest du denn keine Zeitung? Was alles passieren könnte! Das ist doch Wahnsinn.“

Paul wandte sich seiner Tochter zu. „Lässt du uns für einen Augenblick allein? Ich würde gerne mit deiner Mutter unter vier Augen darüber reden.“

Carolin nickte, hielt ihren Vater jedoch noch einmal am Arm fest. „Bitte versuch Mam davon zu überzeugen, dass das alles kein Problem wäre, ja? Die Reise ist nämlich superwichtig für mich."

Paul zuckte mit den Achseln, doch er zwinkerte ihr dabei zu. „Das letzte Wort hat deine Mutter, aber ich tu, was ich kann."

Carolin gab ihm einen Kuss auf die Wange und wandte sich dann ab. „Ich brauch auch die nächsten drei Weihnachten keine Geschenke. Oder, na ja, sagen wir die nächsten beiden."

Irgendwie gelang es ihrem Vater tatsächlich, Ines zu überreden und dabei einen gehörigen Katalog von Bedingungen für Carolin zusammenzustellen. Dazu gehörten natürlich auch die Verpflichtung, nachts nicht unterwegs zu sein, und alle zwei Tage ein Telefonanruf.

Auf nach Berlin

Bereits kurze Zeit später hatte Carolin mit Ferdinand und seiner Mutter alles so weit geklärt, dass es losgehen konnte. So stand schon bald ein silberner Mercedes mit angehängtem, hochmodernem Transporter in der Einfahrt von Lindenhain, um die Pferde und die beiden Mädchen, die sich dort mit ihrem Gepäck eingefunden hatten, aufzunehmen.

Ihr Fahrer stellte sich als Tim vor und wirkte irgendwie ebenso blankpoliert wie der Transporter. Die Mädchen reichten ihm die Hand und halfen dann dabei, das Gepäck zu verstauen, ehe sie sich einen Platz im Auto suchten.

Die Fahrt dauerte einige Stunden. Carolin und Lina dösten vor sich hin, als sie endlich die Randgebiete der Hauptstadt durchfuhren.

„Sind wir schon da?“, fragte Lina plötzlich und erwachte aus ihrem Dämmerzustand, als sie an einer gut gepflegten Pferdekoppel vorbeifuhren, auf der gerade ein paar Fohlen herumtobten.

„Ja.“ Tim nickte. „Reiterhof *Equitanius.*“ Er deutete auf ein Schild, auf dem der Name des Hofes mit schmiedeeisernen Lettern zu lesen war.

Lina und Carolin hielten beeindruckt den Atem an. Der Hof war tipptopp gepflegt. Es gab drei überdachte Reithallen und Stallungen in blendend hellem Weiß. Alles wirkte ein bisschen so, als sei es ganz neu und eben erst fertig gestellt worden. Neben der Einfahrt flatterte an einem Mast eine Fahne mit dem Wappen des Reiterhofs. Aus dem Haupthaus, an das sich noch einige Nebengebäude anschlossen, kam Ferdi gelaufen, der den Transporter offenbar schon vom Fenster aus gesehen hatte. Er winkte. In seiner Begleitung befand sich ein Mann mittleren Alters mit Fönfrisur in Anzug und Krawatte.

„Hallo, ihr beiden." Ferdi grinste. „Wie findet ihr Silbersterns neues Zuhause?" Er wartete keine Antwort ab. „Das ist übrigens Herr Kolb. Er leitet das Gestüt."

Carolin musste unwillkürlich an Gunnar in seinen Cowboystiefeln denken und grinste, während sie Herrn Kolb die Hand gab.

„Hallo zusammen", sagte der Anzugmann und wandte sich auch schon dem Transporter zu. „Dann wollen wir uns unsere Neuzugänge mal ansehen."

Tim hatte die Klappe bereits geöffnet und war gerade dabei, die Pferde ins Freie zu führen, als auch schon zwei Männer in dunkelblauen Overalls herbeieilten und ihm die Tiere abnahmen.

Beim Anblick der Pferde nickte Herr Kolb anerkennend. „Das sind ausgesprochen schöne Tiere", sagte er, während die Männer Anstalten machten, sie in Richtung Stall wegzuführen.

„Halt!", protestierte Carolin aufgebracht. „Ich möchte mitgehen."

„Selbstverständlich, junge Dame." Herr Kolb grinste und machte eine einladende Geste, den beiden zu folgen.

„Keine Sorge!" Ferdi legte den Arm um sie. „Die Pferde werden jetzt nur in ihre Box gebracht."

Der Stall war sauber und luftig, und der Geruch von frischem Stroh war nahezu allgegenwärtig.

„Im Moment ist nicht viel los", erklärte Herr Kolb die fast idyllische Ruhe im Stall. „Die meisten Reiter kommen morgens oder an den Wochenenden. Jetzt, im Sommer, ist es um diese Zeit zu heiß zum Trainieren. Da freuen sich nicht nur die Menschen, wenn sie ein schattiges Plätzchen haben."

Carolin nickte, doch ihr Interesse galt bereits den Boxen, in die die Männer die Pferde führten. Sie waren groß und geräumig. Auch Wasser und Futter stand schon bereit. Sogar die Namen hatte jemand auf ein hübsches Schild geschrieben und an der Außenseite befestigt. Es bestand kein Zweifel daran, dass es den Pferden hier an nichts mangeln würde.

„Wo kommt ihr eigentlich unter?", fiel es Ferdi plötzlich ein, als sie wieder zu Tim ins Auto stiegen.

„Bei Linas Onkel Rocco. Er hat hier irgendwo in Berlin eine Wohnung."

„Ah." Ferdi schien enttäuscht. „Sonst hättet ihr bei mir in der Villa wohnen können. Wir haben jede Menge Gästezimmer."

„Schon gut." Lina winkte ab. „Rocco wäre stinkbeleidigt, wenn wir in Berlin sind und in irgendeiner Villa statt bei ihm wohnen. Aber trotzdem danke."

„Und wo wohnt dieser Onkel?", erkundigte sich Tim, der gerade den Motor startete.

„Ahornstraße 27. Mehr weiß ich leider auch nicht."

„Kein Problem." Tim programmierte das Navigationssystem des Autos.

„Wollt ihr vorher nicht noch ein wenig die Stadt kennen lernen?", fragte Ferdi und die beiden Mädchen nickten begeistert.

„Klar, wenn du den Fremdenführer machst?", forderte Lina ihn augenzwinkernd auf. Tim hatte nichts dagegen und fuhr sie am Schloss Bellevue, am Reichstag und am Brandenburger Tor vorbei, bis hin zum Tiergarten.

Dabei erklärte Ferdi ihnen ein bisschen, was er über die Stadt und die Plätze wusste. Nach etwas über einer Stunde brach Tim die Tour jedoch ab und lenkte das Auto aus dem Innenstadtbereich heraus.

„Genug für heute, Mädchen", meinte er mit einem Lächeln. „Mehr Zeit habe ich leider nicht für euch. Suchen wir jetzt erst einmal eure Unterkunft." Er schaltete das Navigationssystem ein und eine angenehme Stimme machte ihn darauf aufmerksam, wann er an welcher Abzweigung abbiegen musste und wann nicht.

Carolin lehnte sich zurück. „Ich bin gespannt, wo dein Onkel wohnt. Ahornstraße klingt richtig vornehm nach alter Villa."

Lina zuckte mit den Schultern. „Keine Ahnung. Ich hab ihn dort noch nie besucht."

„So mit dicken, knorrigen Bäumen und einem riesigen Garten."

„Wie ich meinen Onkel kenne, wohnt der eher in einer Art Villa Kunterbunt", grinste Lina.

Allmählich veränderte sich die Gegend, durch die sie

fuhren, und wurde immer abenteuerlicher. Düstere Häuserfassaden, von denen stellenweise der Putz abbröckelte, tauchten die Straße selbst am helllichten Tag in ein schummriges Dämmerlicht. Carolin wurde unruhig. „Wie lange dauert es denn noch? Wo sind wir hier überhaupt?"

„Tim oder besser der Navi wird schon wissen, wo er uns hinlotst", meinte Lina.

„Wir sind doch schon lange wieder raus aus der Stadt", meckerte Carolin und drückte sich die Nase an der Fensterscheibe platt.

Ferdi grinste. „Berlin ist eben ein kleines bisschen größer als Lilienthal."

Mit größtem Argwohn blickte Carolin weiter aus dem Fenster. Erst fuhren sie an einer Plattenbausiedlung vorbei, dann an einem weiten Feld, wo sich eine Baracke an die andere reihte. Carolin war ziemlich erleichtert, als sie diese Gegend wieder verließen.

„Hier müsste es sein," verkündete Tim plötzlich, bremste den Wagen und blinzelte skeptisch an der etwas baufälligen Fassade eines Hauses empor. Es war groß, dreistöckig und ziemlich alt. Früher musste es einmal eine prächtige Villa gewesen sein, doch heute glich es eher einer Ruine. Der ehemals gelbe Putz bröckelte bereits ab und hinterließ hässliche grauschwarze Flecken. Der Garten, der von einem halb eingestürzten Bretterzaun umschlossen wurde, bestand nur noch aus meterhohem Gras und Unkraut. Neben dem Haus stand ein baufälliger Holzschuppen, durch dessen morsche Bretter die Stiele einiger Gerätschaften herausragten.

„Hier wohnt dein Onkel?“, murmelte Carolin entsetzt. *Und hier sollen wir wohnen?*, fügte sie in Gedanken hinzu.

Lina zuckte mit den Achseln. „Sag ich doch: Villa Kunterbunt!“

Die drei kletterten aus dem Wagen und Lina öffnete die Zauntür, deren Quietschen sich so anhörte, als sei man einer Katze auf den Schwanz getreten. „Kommt schon!“ Sie winkte Carolin und Ferdi zu, die unschlüssig auf der Straße standen und sich umsahen.

In dieser Straße waren alle Häuser ähnlich verfallen, die Fassaden verkommen, teilweise hingen die Fensterläden herunter oder waren die Glasscheiben kaputt.

„Bist du sicher, dass dein Onkel uns hier erwartet?“, fragte Caro noch unsicher, als auch schon die Haustür aufflog und Rocco den Kopf herausstreckte.

„Liiinaa!“, rief er begeistert, schloss sie in die Arme und wirbelte sie herum. „Meine Lieblingsnichte!“

„Und ihre Freundin!“, grinste Lina. „Du erinnerst dich? Und das ist Ferdi.“ Sie wich ein Stück zur Seite, als Rocco sie wieder auf dem Boden absetzte und gab ihm damit Gelegenheit, auch die anderen zu begrüßen.

„Carolin.“ Er zwinkerte ihr zu. „Natürlich erinnere ich mich. Willkommen.“ Er breitete die Arme aus.

Auf den ersten Blick war Carolin von Roccos wildem Aussehen immer ein wenig eingeschüchtert. Er war nicht sehr groß, hatte breite Schultern, warme dunkle Augen und die längsten und wildesten Korkenzieherlocken, die Carolin jemals bei einem Mann gesehen hatte. Meist trug er enge Anzüge mit Tiermuster und ein Tuch um seine Stirn. *Damit die Haare beim Feuerspucken nicht Feuer fangen*, pflegte er immer zu sagen. Heute hatte er jedoch eine enge schwarze Hose an, ein schwarzes T-Shirt und passend dazu ein schwarzes Tuch über der Stirn. Seine dunklen Augen waren mit Kajal umrandet und wirkten noch schwärzer als sonst.

„Hallo“, murmelte Carolin leicht verschüchtert.

Dann streckte Rocco Ferdi die Hand hin. „Willst du auch bei mir wohnen?“

Ferdi grinste, als Carolin ihm auch schon zuvorkam. „Nein, nein. Er ist der Mitbesitzer von Silberstern, meinem Fohlen, und wohnt hier in Berlin.“

„Na dann kommt doch erst mal alle rein.“ Rocco wollte gerade vorangehen, als Ferdi jedoch den Kopf schüttelte. „Tut mir Leid, Mädels, aber ich treffe mich noch mit meiner Mutter in der Stadt. Wir sehen uns dann morgen.“

Sie verabschiedeten sich und folgten Rocco in einen düsteren Hausflur, eine alte knarrende Holztreppe empor. Oben angekommen öffnete Rocco die Tür zum ersten Zimmer auf der rechten Seite. „Ihr könnt in meinem Zimmer wohnen.“

Carolin lugte hinein und wäre vor Überraschung beinahe wieder zurückgestolpert. Das Zimmer war groß. Die Wände waren ausnahmslos mit goldenen Ornamenten und arabischen Schriftzeichen verziert. Dazwischen hingen Tierfelle, einige Schwerter und zwei große goldene Teller. An einer Wand stand ein breiter verspiegelter Schrank. In der Mitte befand sich ein riesiges Bett, über dem eine Decke mit Zebramuster lag. Carolin schnappte nach Luft. Das war so ziemlich das schrägste Zimmer, das sie jemals in ihrem Leben gesehen hatte.

„Wo schläfst du?“, wollte Lina wissen.

Rocco deutete auf das andere Ende des Flurs. „Das Zimmer ist etwas kleiner, aber für mich genügt es."

Carolin sah sich neugierig um. „Und was ist in den anderen Räumen?"

„Wohnzimmer und Küche sind unten und in dem Zimmer gegenüber bewahre ich meine Kostüme und mein Showmaterial auf."

„Wohnst du hier allein?", erkundigte sich Lina.

„Nein. Die beiden oberen Stockwerke teilen sich Fabio, Maurizio und Leo", erklärte Rocco. „Wundert euch also nicht, wenn ihr ihnen in der Küche oder im Wohnzimmer begegnet, denn das sind Gemeinschaftsräume."

„Sind das deine Freunde?"

„Kollegen. Auch im Showgeschäft. Hauptsächlich Akrobatennummern."

Wie auf ein Stichwort kam ein Mann die Treppe heruntergelaufen und huschte wortlos an ihnen vorbei.

„Das war Leo", grinste Rocco. „Er ist ein bisschen schüchtern. Aber einer der besten Artisten, die ich kenne."

Carolin sah ihm nach. Zwar hatte sie ihn von vorne nicht richtig gesehen, aber mit seiner glatt polierten Glatze, der schmuddligen Jeans und dem alten T-Shirt sah er nicht gerade Vertrauen erweckend aus. „Mit solchen Typen wohnen wir also in einem Haus", stellte sie nüchtern fest, als Rocco gegangen war und sie mit Lina ihre Koffer auspackte. *Wenn Mam das sehen könnte, würde sie auf der Stelle ausrasten.*

„Warum denn nicht?"

Carolin überprüfte die Tür. „Hier gibt's nicht mal einen Schlüssel."

Lina lachte leise. „Du willst dich einsperren? Meinetwegen. Ich frag Onkel Rocco. Bestimmt hat er irgendwo noch einen."

Carolin nickte erleichtert. „Ich würde mich auf jeden Fall besser fühlen."

Tatsächlich fand sich noch ein Schlüssel, den Carolin dankbar entgegennahm.

„Seid ihr beiden fertig mit Auspacken?", fragte Rocco schließlich.

„Ja." Lina nickte. „Und jetzt habe ich megamäßigen Kohldampf. Hast du etwas zum Futtern da?"

Rocco schüttelte den Kopf. „Eher nicht, aber ich dachte, ich lade euch zur Feier des Tages in mein Lieblingsrestaurant nicht weit von hier ein. Habt ihr Lust?"

„Aber sicher", bestätigte Lina gleich und Caro spürte, wie ihr ebenfalls allein bei dem Gedanken an etwas zu essen das Wasser im Mund zusammenlief.

„Wiener Schnitzel mitten in Berlin", grinste Carolin und wunderte sich noch immer, dass ausgerechnet jemand wie Rocco die gutbürgerliche Küche bevorzugte. Sie hätte mit den exotischsten Dingen gerechnet, aber damit?

„Schmeckt doch klasse", schmatzte Lina und schob sich noch einen Bissen in den ohnehin schon vollen Mund.

„Was habt ihr morgen vor?", erkundigte sich Rocco.

„Auf jeden Fall Sternentänzer besuchen", beschloss Carolin.

„Und Ferdi", fügte Lina hinzu.

„Habt ihr Lust, morgen Abend mit zu meiner Show zu kommen?", fragte Rocco. „Euer Ferdi ist natürlich auch herzlich eingeladen."

„Klar, haben wir!", rief Lina begeistert und füllte erneut den freigewordenen Platz in ihrem Mund. Plötzlich hielt sie jedoch inne. „Sag mal, kennst du den Typ dort in Richtung Herrentoilette?"

„Wen?" Rocco drehte sich um, doch in diesem Moment wandte der Mann, den Lina gemeint hatte, sich ab und verschwand durch den Eingang.

„Da war so ein Typ, der hat dich die ganze Zeit angestarrt. Ich dachte, du kennst ihn vielleicht."

Caro grinste. Sie konnte sich vorstellen, dass man Onkel Rocco anstarrte. Selbst hier in Berlin bot er nicht gerade das Bild eines alltäglichen Normalbürgers. „Was meinst du: Ob Silberstern sich hier gut einfügt?", wechselte sie das Thema.

Lina rollte mit den Augen. „Natürlich wird er das. Du wirst schon sehen. Im Handumdrehen ist er der Chef der Jungtiere auf diesem Equitaniushof. Er ist ja schließlich Sternentänzers Fohlen, oder?"

„Ja sicher, aber …"

„Kein Aber. Der steckt diese ganzen verwöhnten Edeltiere doch in die Tasche." Sie schmunzelte. „Jedenfalls wenn er eine hätte."

„Seid ihr so weit?", fragte Onkel Rocco und winkte auch schon die Bedienung herbei, um zu bezahlen.

Lina klaubte noch rasch die restlichen Pommes von ihrem Teller. „Was ist denn los? Hast du noch was vor?"

„Ja, ich wollte mit Maurizio noch seine nächste Nummer

durchsprechen. Tut mir Leid, aber ich hatte es völlig vergessen."

„Kein Problem." Carolin leerte ihre Limo. „Ich muss ohnehin noch meine Mam anrufen, um ihr mitzuteilen, dass ich noch nicht verschollen bin. Danke jedenfalls für die Einladung. Ich wäre sonst bestimmt verhungert."

Rocco zwinkerte ihr zu, bezahlte die Rechnung und erhob sich von seinem Stuhl.

Als Carolin am nächsten Morgen die Augen aufschlug und die Tierfelle an der Wand erblickte, fuhr sie erst einmal erschrocken zusammen. Mit einem Ruck richtete sie sich auf, um sich umzusehen, doch dann entdeckte sie Lina, die noch selig neben ihr schlummerte. Ihre wilden roten Locken hatten sich in der Nacht wie ein Fächer auf der Zebradecke ausgebreitet.

Carolin stöhnte leise, als ihr wieder einfiel, wo sie sich befand. Behutsam tastete sie sich aus dem Bett und rieb sich die Augen. Dann wollte sie vorsichtig nach ihrer Jeans greifen, doch sie rutschte ihr aus den Fingern und fiel geräuschvoll zu Boden.

Lina brummte leise und die Locken auf dem Zebrafell begannen sich zu bewegen. Verschlafen hob sie den Kopf.

„Guten Morgen", flötete Carolin gutgelaunt und putzmunter. Sie konnte es kaum erwarten, wieder auf den Pferdehof zu kommen.

„Morgen", nuschelte Lina und ließ ihren Kopf wieder auf die Decke fallen.

„Lust auf Frühstück?“, fragte Carolin und zog sich dabei an.

„Jetzt schon?“ Lina blinzelte müde. „Wie spät ist es denn?“

„Halb neun. Höchste Zeit also, wenn wir noch etwas essen und vor dem Mittag zu den Pferden wollen.“

„Oh Mann! Es sind Ferien, Caro.“ Lina wühlte sich aus der Decke. „Da schläft man nun einmal länger.“

„Halb neun ist doch lang.“ Carolin sah ihre Freundin verständnislos an.

Lina schüttelte nur noch den Kopf und kramte dann nach ihren Klamotten.

Unterdessen trat Carolin ans Fenster und zog die Vorhänge zur Seite, um ein wenig Sonne ins Zimmer zu lassen. Plötzlich zuckte sie jedoch zurück. „He, hast du das gesehen?“

„Was denn?“

„Da stand jemand im Garten und hat das Haus beobachtet. Als er mich gesehen hat, ist er schnell hinter dem Holzverschlag verschwunden.“

Lina verdrehte die Augen. „Jetzt siehst du schon Gespenster.“

„Lina, ich bin ganz sicher!“

„Vielleicht war das einer von Roccos Kumpels, die ihn besuchen wollten. Oder Leo, der irgendeine Nummer probte. ‚Wie mach ich mich unsichtbar‘, oder so!“

Doch Carolin war gar nicht nach Scherzen zumute. Sie hatte mit einem Mal ein ganz merkwürdiges Gefühl. Und Angst um Sternentänzer. Erinnerungen an Frank Stone, den ehemaligen Besitzer von Sternentänzer, und dessen Rechtsanwältin Elisabetta Demuro wurden wach. Nachdem Stone durch Carolins Unachtsamkeit von Sternentänzers Gabe, in die Zukunft zu blicken, erfahren hatte, hatte er nichts unversucht gelassen, dem Hengst sein Geheimnis zu entreißen. Aber es war ihm nicht gelungen. Nur derjenige, der Sternentänzers Vertrauen besaß, konnte bei Vollmond auf seinem Rücken einen Blick in die Zukunft werfen. Und dann hatte diese schreckliche Anwältin Cinderella entführt, als diese kurz vor der Geburt von Sternentänzers Fohlen stand. Dabei war selbst jetzt noch nicht sicher, ob Silberstern diese besondere Gabe geerbt hatte oder nicht.

„Warum ist er dann wie der Blitz verschwunden, als er mich sah?“, hielt sie Lina entgegen.

Lina zuckte mit den Achseln. „Das bildest du dir bestimmt nur ein.“

„Und der Kerl gestern? Vielleicht hat er gar nicht auf Rocco gestarrt? Lina, was sollen wir tun, wenn Stone wieder aufgetaucht ist? Hier, mitten in Berlin?“

Lina schnaufte tief. „Ich dachte, das Kapitel wäre ein für allemal beendet, Caro.“

Carolin schüttelte den Kopf. „Stone weiß, welche Gabe Sternentänzer hat und er wird niemals Ruhe geben, da bin ich sicher!“

Lina trat neben Carolin ans Fenster. „Nun bleib mal locker ...“ In diesem Moment hörten sie jedoch leise, schleichende Schritte auf der Treppe. Carolin glaubte zu erstarren. Ein eisiger Schauer kroch über ihren Rücken.

„Du, ich glaube, er kommt hierher“, flüsterte sie mit vor Angst erstickter Stimme.

Lina tastete nach ihrer Hand und wandte sich der Tür zu.

„Dann sollten wenigstens wir diejenigen sein, die ihn erschrecken."

„Bist du verrückt?" Carolin versuchte sie zurückzuhalten. „Wenn er nun eine Waffe hat?"

„Hey, Leo", ertönte plötzlich eine Stimme von unten herauf und wieder waren Schritte auf der Treppe zu hören. Diesmal lauter und schwerer. „Danke, dass du mir das Fahrrad aus dem Schuppen geholt und wieder hergerichtet hast. Du hast was gut bei mir." Die Schritte entfernten sich wieder.

Lina ließ abrupt die Anspannung aus ihrem Körper entweichen und atmete auf. „Da hast du deinen Stone." Sie boxte Carolin freundschaftlich in die Rippen und grinste von einem Ohr zum anderen.

„Na schön", gab Carolin erleichtert zu. „Aber es hätte ja sein können."

Sie wuschen sich hastig und marschierten dann gemeinsam hinunter in die Küche. Rocco war schon weg. Auf dem Küchentisch lag ein Zettel, den er den Mädchen hinterlassen hatte. „Vergesst die Show heute Abend nicht!", stand darauf.

„Bestimmt nicht!", meinte Lina. „Aber jetzt wird erst mal gefrühstückt." Dann ging sie zu Roccos Uralt-Kühlschrank und öffnete ihn. „Nicht mal ein Tropfen Milch für den Kakao. Nicht mal Tassen. Saftladen. Von Müsli oder Brot ganz zu schweigen."

„Probieren wir doch mal die Konditorei aus, von der Onkel Rocco bei seinem Besuch in Lilienthal erzählt hat", schlug Carolin vor.

„Gute Idee!"

Die Mädchen schnappten sich ihre Geldbeutel und machten sich auf die Suche nach der Konditorei, die nur zwei Straßen entfernt lag.

Kurz darauf standen sie an einem der Stehtische und hatten vor sich einen Teller voller saftiger Berliner – die in Berlin allerdings *Pfannkuchen* genannt wurden –, Nussschnecken und Apfeltaschen. Der ganze Laden duftete nach Gebäck und frisch aufgebrühtem Kaffee.

Carolin kaute schon an ihrem zweiten Berliner. „Mhmm, mit Erdbeermarmelade."

„Meiner hat Kirschfüllung", schmatzte Lina. „Oberlecker!"

„Jedenfalls", meinte Carolin, als sie den letzten Bissen ihres zweiten Berliners weggeschluckt hatte, „so rein geschmackstechnisch finde ich Berlin ganz große Klasse."

„Stimmt!", schwärmte Lina und verdrehte die Augen. „Probier mal. So eine Apfeltasche hast du noch nie im Leben gegessen."

Silbersterns neue Herde

Nach dem Frühstück kauften sie sich erst einmal einen Stadtplan und Karten für die U-Bahn.

„Hoffentlich ist Ferdi nicht so ein Langschläfer wie du“, scherzte Carolin, als sie die Haltestelle erreichten und dem Weg folgten, den Ferdi ihnen am Tag zuvor noch beschrieben hatte.

„Und hier soll das sein?“ Lina sah sich zweifelnd um. Vor ihnen lag eine riesige Anlage mit einem großen Garten direkt am Wannsee. Etwas eingeschüchtert blieben die beiden Mädchen stehen.

Carolin hob die Schultern. „Ich wusste ja, dass Ferdi nett wohnt, aber so?“, staunte sie.

„Echt superschnieke“, nickte Lina. „Die müssen schwerreich sein. Wie kommt denn so was nach Lilienthal?“

Carolin grinste. „Genau das dachte ich auch, als ich die Familie Reifenbach zum ersten Mal sah. Damals unterhielt sich seine superelegante Mutter gerade mit Gunnar, und Ferdi stand daneben. Kurzes blondes Haar und dunkelblauer Anzug mit Einstecktuch. Er sah aus wie ein geschrumpfter Bankdirektor. Nur seine Segelohren, die fast waagrecht zur Seite standen, passten irgendwie nicht dazu. Sie brachten damals Cinderella nach Lindenhain. Und Vicky sollte aus Ferdi einen berühmten Dressurreiter machen, der auf Cinderella eine rote Schleife nach der anderen gewinnt." Carolin kicherte. „Weißt du, was mir Vicky später über seine Reitkünste gesagt hat?"

„Was denn?"

„Er sei fürs Reiten etwa so begabt wie sie zum Kuchenbacken."

„Au weia." Lina prustete los. Das wollte etwas heißen, denn Vicky schaffte es, selbst fertige Backmischungen zu ruinieren.

„Allerdings hat Ferdi sich auch nicht allzu viel Mühe gegeben. Er wollte lieber Eishockey-Spieler werden." Carolin seufzte. „Ich hab ihn noch gar nicht gefragt, ob er damit inzwischen bei seiner Mutter Erfolg hatte." Sie nickte Lina zu. „Wagen wir uns hinein?"

Lina strich sich über ihre Röcke. „Na dann los."

Auf einem großen, goldenen Türschild stand in verschlungenen Buchstaben der Name Reifenbach.

„Scheint zu stimmen", kommentierte Carolin und drückte den goldenen Klingelknopf.

Ein Hausmädchen mit weißer Schürze steckte den Kopf heraus. „Sie wünschen?", fragte sie kühl und musterte Carolin und Lina von oben bis unten.

Wir müssen ein ziemlich merkwürdiges Bild abgeben, dachte Carolin. *Lina in ihren großen geblümten Röcken und den Schnürstiefeln, und ich in meiner nicht mehr ganz taufrischen Jeans.* „Wir möchten zu Ferdi", sagte sie schließlich.

Ein hochmütiger Blick. „Erwartet Sie Herr Ferdinand?"

„Ferdi weiß, dass wir kommen", nickte Carolin und strich ein wenig zappelig über ihre Jeans.

„Einen Moment bitte." Das Hausmädchen machte die Tür vor ihrer Nase wieder zu.

„So was von unhöflich!", ärgerte sich Lina.

Noch bevor Carolin antworten konnte, ging die Tür wieder auf und Ferdi stand vor ihnen.

„He Caro, Lina!" Seine wasserblauen Augen blitzten. „Ich hab euch noch gar nicht so früh erwartet. Kommt doch rein! Habt ihr es gleich gefunden?"

„War nur schwer zu übersehen", bemerkte Lina, während sie ihm ins Haus folgten und sich dabei umsahen. Kronleuchter, Antiquitäten, Ölgemälde, Marmorboden, Orientteppiche – alles sah richtig teuer und edel aus.

„Meine Schuhe sind voller Lehm, ich ruinier denen den Teppich!", raunte Lina Carolin zu.

„Besser ich geh wieder!"

Sie wollte sich gerade umdrehen, doch Carolin hielt sie an ihrer Bluse fest. „Du bleibst hier! Lass mich jetzt bloß nicht allein."

Ferdi lotste die Mädchen auf die Terrasse. „Setzt euch."

Es war eine riesige, herrliche Terrasse in einem Garten, der bis an den Rand des Sees reichte.

Auf dem Natursteinboden stand eine schwere Eichenholzgarnitur mit Stühlen. Ferdi setzte sich auf einen davon. „Hermine!", rief er dann ins Wohnzimmer, das direkt an die Terrasse grenzte. Die unfreundliche Hausdame, die ihnen die Tür geöffnet hatte, erschien wieder. „Bringst du uns bitte etwas zu trinken?"

„Sofort.“ Die Hausdame drehte sich um.

Carolin sah ihr nach. „Cool. So was hätte ich auch gern.“

„Hermine ist ganz praktisch“, nickte Ferdi. „Erzähl mal, wie war denn eure erste Nacht in Berlin?“

Carolin warf einen Seitenblick auf Lina und merkte, dass sie sich in der Umgebung sichtlich unwohl fühlte, also kam sie gleich zum Wesentlichen. „Ganz in Ordnung. Können wir uns jetzt gleich auf den Weg zum Reiterhof machen? Ich möchte unbedingt wissen, wie es Silberstern in seiner neuen Herde ergeht.“

„Kein Problem.“ Ferdi sprang auf. „Ich habe Tim schon gefragt. Er hat Zeit und kann uns wieder fahren.“

„Super!“

Schon waren die drei auf dem Weg zur Haustür und stießen dabei fast mit Hermine zusammen, die gerade die Getränke brachte. Mit offenem Mund sah das Hausmädchen ihnen nach.

Auf dem Reiterhof *Equitanius* war bereits die Hölle los. Herr Kolb hatte nicht zuviel versprochen. Auf dem Parkplatz parkte ein teurer Wagen neben dem anderen. Die Reiter, die ihre Pferde herumführten, hatten alle Klamotten an, denen man schon von weitem ansah, dass sie richtig teuer gewesen sein mussten. In dem Café unter der Markise herrschte Hochbetrieb. Carolin sah an sich und Lina herunter und kam sich irgendwie schäbig und völlig deplaziert vor. „Boah.“ Sie deutete auf einen edlen Rappen mit langem, schön geschwungenem Hals, der an ihnen vorbeigeführt wurde. „Das war ein englisches Vollblut. Und da hinten, da stehen zwei Andalusier! So viele herrliche Pferde habe ich noch nie gesehen!"

Auch Lina war sichtlich beeindruckt. „Lauter Schickimickis. Sogar unter den Pferden", murmelte sie. Dann kicherte sie leise. „Das wäre was für unsere Julia Schlupf."

Carolin nickte. „Bei so einem schicken Reiterhof würde die glatt auch noch mit Reiten anfangen."

„Und ich würde damit aufhören", ergänzte Lina. „So was wäre mir echt zu doof. Vermutlich lassen die dich nicht mal den Stall betreten, wenn du nicht eine Kappe für ein paar Tausender auf dem Kopf hast. Mir gefällt es auf Lindenhain viel besser."

„Mir ja auch", gestand Carolin ein, „aber für Silberstern ..."

Ferdinand winkte. Er hatte Herrn Kolb entdeckt.

Carolin lief schnell zu ihm, bevor er im Stall verschwinden konnte.

„Hi, ich bin Carolin. Die von gestern mit den Arabern ..."

Herr Kolb, heute nicht im Anzug, sondern mit blütenweißer Reiterhose und Handschuhen, sah sie einen Moment irritiert an, doch dann erinnerte er sich. „Ach ja, natürlich."

„Wie geht es Silberstern? Und Sternentänzer?"

„Prächtig. Komm mit, dann kann ich dir die Fohlengruppe gleich zeigen."

Die drei hefteten sich an Herrn Kolbs Fersen, als dieser in Richtung Weide davon marschierte. Am Gatter blieb er stehen, zog seine Handschuhe aus und deutete nach rechts. „Dort oben, seht ihr? Das sind die neuen Freunde von eurem Fohlen. Oder besser", er zwinkerte ihr zu, „sie sollen es werden."

Carolin sah in die angezeigte Richtung. Dort standen fünf Fohlen. Zwei helle und drei dunkle. Eines hübscher als das andere. „Sind die niedlich", quietschte Carolin begeistert.

„Zwei Stuten und drei Hengste. Da passt dein Silberstern gut dazu", lächelte Herr Kolb. „Ich lasse ihn gleich holen. Am besten schaut ihr von hier aus zu. Ach, und besser, er sieht euch nicht, dann fühlt er sich unbeobachtet." Er verschwand, um einen der Pferdepfleger damit zu beauftragen, Silberstern zu bringen, und gesellte sich dann wieder zu ihnen.

Carolin ging so tief in die Knie, dass sie durch die untere Zaunlatte gucken konnte. „Sind die nicht megasüß? Am liebsten würde ich alle mitnehmen", raunte sie Lina und Ferdi zu, die neben ihr in Position gegangen waren.

Nach einer Weile brachte der Pferdepfleger Silberstern. Er ließ das Fohlen auf die Weide und kehrte dann zum Stall zurück. Silberstern streckte seinen Hals, spitzte die Ohren und sah sich erst einmal neugierig um. Die anderen Fohlen hatten ihn längst bemerkt, dennoch gab er sich zunächst uninteressiert und stärkte sich erst einmal mit einigen Büscheln Gras. Neugierig kam die Gruppe der Fohlen näher und beäugte ihn.

„Ist wie bei uns in der Schule, wenn ein Neuer kommt", kicherte Carolin.

Nun wurde Silberstern offenbar doch nervös und hob den Kopf. Unruhig bewegten sich seine Ohren, ehe er abrupt losrannte. Ungestüm raste er über die Weide, galoppierte, wieherte und warf seine Beine in die Höhe.

„Was ist denn jetzt?", erkundigte sich Carolin.

„Er fühlt sich wohl und will Eindruck machen", erklärte

Herr Kolb. „Es geht jetzt um seine Position innerhalb der Herde.“

„Mit anderen Worten: Er gibt an“, folgerte Lina und Herr Kolb nickte mit einem verschmitzten Lächeln.

„So kann man es auch nennen, ja.“

Irgendwann beruhigte sich Silberstern wieder und begann erneut zu grasen. Dabei würdigte er die anderen scheinbar keines Blickes. Plötzlich scherte ein Fohlen aus der Herde aus und trabte zu Silberstern.

Herr Kolb verzog einen Mundwinkel. „Das war mir klar. Die Kleine ist Agent Scully, die Neugierigste von allen. Aber auch die Mutigste. Ich dachte mir schon, dass sie den ersten Kontakt suchen würde.“

Carolin schüttelte den Kopf. „Agent Scully, was für ein bescheuerter Name.“

„Tja.“ Herr Kolb hob die Schultern. „Den Pferden geht's wie uns. Sie können sich ihren Namen auch nicht selbst aussuchen.“

Agent Scully blieb vor Silberstern stehen und beschnupperte ihn interessiert. Silberstern ließ sie erst einmal machen und tat unbeteiligt. Doch dann drehte er ihr den Kopf zu und blies ihr sachte in die Nüstern. Die anderen Fohlen beobachteten das Geschehen eine Weile, dann trabten sie gemeinsam los. Auf einmal scherte eines der Hengstfohlen aus, lief auf Silberstern zu und versuchte ihn herauszufordern. Silberstern nahm seine Herausforderung an und stieg. Schrilles Wiehern hallte über die Weide.

„Oh Gott!“ Carolin blickte auf und umklammerte ängstlich Herrn Kolbs Arm. „Tun Sie doch was, bitte! Sie werden sich verletzen!“

Herr Kolb lächelte beschwichtigend. „Lass sie. Sie verhandeln gerade, wer der Anführer wird. Speedy will sich seine Rolle nicht streitig machen lassen und Silberstern will sich nicht so einfach unterordnen. Das ist völlig natürlich."

Carolin blieb skeptisch und beobachtete furchtsam, wie Speedy und Silberstern kurz voneinander abließen, um danach nur noch heftiger aufeinander loszugehen. Die anderen Fohlen hielten unterdessen gebührenden Sicherheitsabstand und beobachteten die beiden Streithähne. Irgendwann gab Speedy plötzlich auf und jagte über die Weide davon. Silberstern verfolgte ihn, bis seine neue Position ausreichend gefestigt schien und er nach Atem ringend stehen blieb. Erst jetzt trauten sich die anderen Fohlen wieder dazu und Silberstern führte sie mit aufgestelltem Schweif an.

„Das war's." Herr Kolb erhob sich. „Ich schätze, dein Kleiner wird hier eine Menge Spaß haben."

„Heißt das, dass er gewonnen hat?"

„Ja. Er hat sich gegen Speedy behauptet und ist nun der Chef der Herde." Herr Kolb nickte ihnen noch einmal zu und ließ sie dann allein.

Carolin, Lina und Ferdi blieben noch eine Weile und beobachten Silberstern, der mit den anderen über die Wiese tollte. Schon lange hatte ihn Carolin nicht mehr so ausgelassen und glücklich gesehen. Zufrieden erhob sie sich schließlich und marschierte in den Stall, um nach Sternentänzer zu sehen. Er teilte sich eine Box mit Cinderella und schien rundum zufrieden zu sein. Immer wieder schnüffelte er an Cinderella, liebkoste sie mit der Schnauze und schnaubte in ihre Nüstern. Carolin strich über seine samtweichen Ohren und seufzte tief. Es war die richtige Entscheidung gewesen, nach Berlin zu fahren. Da war sie sich ganz sicher.

„Der Ausritt war herrlich“, schwärmte Lina, die sich von Ferdi die Erlaubnis hatte geben lassen, auf Cinderella reiten zu dürfen. Ferdi war verschwunden, da er mit Pferden immer noch nicht allzu viel anfangen konnte. Leider war er auch mit seiner Eishockey-Karriere bei seiner Mutter noch nicht weiter gekommen. „Ich hätte nicht gedacht, dass es in der Nähe von Berlin so schöne Reitwege gibt.“ Sie brachten die Pferde zum Stall zurück, wo zwei Pfleger sie übernehmen wollten, doch sowohl Carolin als auch Lina sahen die Männer völlig verwirrt an.

„Nein, nein. Sie müssen noch abgerieben werden“, klärte Carolin den Mann auf und klaubte ihm die Zügel wieder aus der Hand.

Nun war der Mann verwirrt und starrte sie an, als hätte sie soeben etwas völlig Unmögliches von ihm gefordert. „Natürlich müssen sie das noch“, bestätigte er. „Deshalb bin ich ja hier.“

Endlich begriff Carolin. „Nichts da! Meinen Sternentänzer reibe ich natürlich selbst ab!“

Im Hintergrund begann Lina zu lachen, während der Mann vor Carolin völlig hilflos wirkte.

„Aber das ist mein Job, junge Dame …“

„Macht das hier denn keiner mehr selbst? Wie wollen die denn ihr Pferd richtig kennen lernen?“

Der Mann zuckte mit den Schultern.

„Lass ihn", beschwichtige Lina. „Schließlich haben wir Urlaub. Deinen Sternentänzer können wir noch oft genug putzen, wenn wir wieder zurück auf Lindenhain sind."

„Na schön." Carolin gab dem Mann die Zügel zurück und schüttelte immer wieder den Kopf. „Die tun ja so, als ob das eine Strafe wäre, ein Pferd zu putzen."

„Na, dann guck dir die Reiter hier doch mal genauer an! Ich glaube, für die wäre das wirklich eine Strafe."

Carolin brummte bestätigend, während sie den Reiterhof hinter sich ließen und die nächste Bushaltestelle ansteuerten. „Ich glaube nicht, dass ich das auf Dauer ertragen könnte", murmelte sie schließlich, als sie längst im Bus saßen und Richtung Innenstadt unterwegs waren.

Lina grinste bestätigend. „Ich auch nicht. Ich bin richtig froh, aus dieser Schickimickigegend wegzukommen. Das wäre echt nicht mein Ding."

Carolin drehte sich zu ihrer Freundin. „Weißt du, was ich jetzt hab?"

„Was denn?"

„Supermegakohldampf!"

Lina grinste. „Und ich erst! Mein Magen fängt gleich an zu knurren. Und das macht er dann bestimmt so laut, dass wir eine Anzeige bekommen wegen Ruhestörung!"

Von Tattoos und Feuerschluckern

Nachdem Carolin und Lina eine kleine Mahlzeit in einem Fastfood-Restaurant gegessen hatten, machten sie sich auf, die Innenstadt zu Fuß zu erkunden. Einige Plätze erkannten sie von der Tour mit Tim und Ferdi wieder.

„Und? Wie findest du Berlin bis jetzt?“, erkundigte sich Lina, während sie mit der Karte herumraschelte.

„Geht so“, nickte Carolin. So ganz konnte sie sich mit der Großstadt nicht anfreunden, obwohl ihr Berlin inzwischen schon besser gefiel als am Anfang. Zu viele Autos, zu viele Menschen, zu viel Lärm und völlig unübersichtlich.

„Ich würde hier nicht wohnen wollen“, sprach Lina ihre Gedanken aus.

Carolin grinste. „Es wäre auch ein bisschen schwierig, eure Wohnwagen am Ku’damm aufzustellen.“

„Stimmt. Außerdem dürfte es meiner Ami hier schwer fallen, ihre Kräuter zu finden.“

Ami war Linas Großmutter. Sie war die ungewöhnlichste Großmutter, die Carolin sich nur vorstellen konnte. Ständig war sie unterwegs, um Kräuter zu sammeln. Die bewahrte sie dann neben zerstampften Knochen und Insekten in ihrem Geschirrschrank auf. Außerdem konnte sie zaubern. Naja, nicht wirklich, aber sie war sehr weise und wusste immer ein bisschen mehr als andere Leute. Bei ihrer ersten Begegnung hatte sich Carolin noch vor ihr gefürchtet. Vor allem vor ihren zweifarbigen Augen. Ihr rechtes Auge war nämlich hellgrün und leuchtend, während ihr linkes Auge von einem geheimnisvollen dunklen Grünton war. Aber inzwischen war ihr die alte Frau richtig ans Herz gewachsen.

Lina zog eine Grimasse. „Ne, Großstadt ist nichts für mich."

„Für mich auch nicht", bestätigte Carolin. „Wo ist denn nun das berühmte *Kaufhaus des Westens*?", bohrte sie, während Lina noch immer mit ihrer Orientierung kämpfte.

„Moment! Also … wir sind hier an der Schlossbrücke." Sie betrachtete das breite Bauwerk mit den Kriegerstatuen und Bronzereliefs. „Dort drüben liegen Lustgarten und Altes Museum, der Dom … Hm. Weißt du, in welcher Straße das Kaufhaus liegen soll?"

„Liegt es nicht am Ku'damm? Schau doch mal im Verzeichnis nach. Da muss es doch bestimmt beschrieben sein!"

Lina knisterte wieder eine Weile mit der Karte. „Ach hier. KaDeWe. Das muss es sein. Dann sind wir hier aber ziemlich falsch. Willst du nicht doch lieber in die Nationalgalerie?"

Carolin rümpfte die Nase. „Nee, danke. Alte Meister begucken …"

„Na schön. Dann müssen wir zur nächsten U-Bahn. An der Haltestelle *Wittenberg-Platz* geht's dann wieder raus."

„Und wo liegt die nächste U-Bahnhaltestelle?"

Lina übernahm die Führung. Dann bremste sie abrupt ab und blieb vor einem Laden stehen. „Warte mal, Caro.“

„Was ist denn?“

„Der Laden …“

„Was ist damit?“ Carolin betrachtete sich das Schaufenster etwas näher. Hinter der Scheibe lagen handgefertigte Silberschmuckstücke und ein paar Kreidezeichnungen. Über dem Fenster hing ein düsteres Schild, auf dem „Alisamara“ zu lesen war. Die Ladentür stand weit offen, doch ein schwerer dunkelroter Samtvorhang versperrte die Sicht ins Ladeninnere.

„Ich muss da rein“, murmelte Lina.

„Nicht wirklich, oder?“ Carolin verdrehte die Augen, doch Lina war schon hinter dem Vorhang verschwunden. Widerwillig folgte Carolin ihrer Freundin.

Im Inneren des Ladens herrschte Dämmerlicht. Die Wände waren mit rotem Samt und verschiedenartigen Ornamenten verziert. In kleinen Glasvitrinen lag noch mehr Silberschmuck oder standen Zinnfiguren herum, die Drachen und Zauberer darstellten. Auf der Theke stand eine Glocke. Lina nahm die Glocke und klingelte. Einen Moment später kam eine Frau, bei deren Anblick Carolin kaum ihren Augen traute. Die Frau sah aus, als hätte sie ein paar Jahrhunderte verschlafen. Ihre Haare waren lang und wuschelig und sie trug ein wallendes Gewand, das wohl aus irgendeinem Theaterfundus zu stammen schien. Lina starrte sie begeistert an.

„Hallo, ihr zwei“, sagte die Frau und lächelte. „Was kann ich für euch tun? Wollt ihr ein Piercing oder doch lieber ein Tattoo?“

Lina fing sich wieder und drehte sich zu Carolin um. „Das ist es doch!“, rief sie begeistert. „Wir lassen uns ein Bauchnabelpiercing machen oder ein Tattoo. Das wäre megacool!“

Carolin grinste schief. „Vergiss es. Meine Mutter killt mich, wenn ich mit einem Piercing ankomme! Nee danke.“

Lina gab nicht auf. „Aber ein Tattoo. Ein ganz kleines. Jeder das gleiche. An einer Stelle, an der man es nicht sehen kann. Ein Freundschaftstattoo. Komm schon. Ich jedenfalls mach's!“ Linas Augen blitzten unternehmungslustig.

Carolin überlegte. Der Gedanke hatte etwas. Ein winzig kleines Freundschaftstattoo.

„Sieh es so.“ Lina senkte die Stimme und deutete mit dem Kopf auf die Frau. „Das Schicksal hat uns hierher geführt, also soll es so sein.“

„Eigentlich hast eher du uns hierher geführt“, wandte Carolin ein.

Die Frau hatte inzwischen ein Buch unter dem Ladentisch hervorgezogen. „Seht euch doch mal die Motive an. Vielleicht findet ihr etwas, das euch gefällt.“

Carolin blickte auf die erste Seite und musste gar nicht mehr weiterblättern. Sie deutete auf ein kleines Hufeisen. „Wenn überhaupt, dann will ich das hier.“

Lina nickte. „Einverstanden.“

„Wenn meine Mam das entdeckt, bekomm ich Hausarrest, bis ich volljährig bin“, murmelte Carolin, aber auch in ihre Augen hatte sich jetzt ein gewisses Funkeln eingeschlichen.

„Ich will's am Oberarm“, beschloss Lina und begann schon mal ihre Bluse hochzukrempeln.

„Ich nicht. Da sieht man's doch sofort." Carolin schüttelte hastig den Kopf.

„Dann mach's doch am Bauch", überlegte Lina. „Oder, ich hab's! Am Fußknöchel. Ganz unten. Meistens hast du sowieso Turnschuhe oder Reitstiefel an. Das sieht deine Mutter nie." Carolin sah zu ihren Füßen hinunter, an denen sie die erst vor wenigen Minuten neu erstandenen knallroten Flipflops trug. „Nicht immer."

„Die paar Mal, die du Flipflops trägst, kannst du ja ein Pflaster draufkleben." Lina grinste. „Bis deine Mutter das Teil entdeckt, bist du volljährig."

„Okay." Carolin betrachtete noch einmal die Abbildung. „Ich mach's auch!"

„Wer will zuerst?", fragte die Frau, die bereits ihre Nadel richtete.

Carolin sah erst die Nadel, dann Lina mit großen Augen an. „Ich glaub nicht, dass mir das geheuer ist."

Doch Lina grinste nur und streckte ihren Arm hin. „Von mir aus kann's losgehen!"

Stolz wie Oskar machten die beiden sich später auf den Heimweg. Das Stechen hatte zwar höllisch weh getan, aber das Ergebnis war klasse. Carolin konnte sich an ihrem Knöchel gar nicht satt sehen. „Das ist echt superobercool", schwärmte sie und krempelte ihre Jeans hoch. „Hier in Berlin darf's ja ruhig jeder sehen."

„Es ist cool und bringt Glück." Lina war hellauf begeistert.

„Und es ist unser Freundschaftszeichen", fügte Carolin freudestrahlend hinzu.

„Für immer", bestätigte Lina.

„So wie die Haarlocken am See, weißt du noch?"

„Die wir vergraben haben, als du mir Sternentänzers Geheimnis verraten hast?"

Carolin nickte und lächelte zufrieden.

„Da seid ihr ja endlich!", empfing Rocco sie schon an der Tür. „Ich dachte schon, ihr habt euch verlaufen."

„Wir hatten einen super schönen Tag", strahlte Lina.

„Und dabei die Zeit vergessen." Rocco grinste. „Beeilt euch, wir müssen gleich los."

„Die Show!", dämmerte es Carolin endlich und sie stürmte nach oben in ihr Zimmer, um sich umzuziehen.

Das Showtheater *Fantasia*, in dem Rocco auftrat, lag am Stadtrand von Berlin. Es war ein riesiges Zelt, hell erleuchtet von unzähligen bunten Lichtern.

„Ist das schön", staunte Carolin schon von weitem.

„Das *Fantasia* ist eine Nummer für sich", nickte Rocco. „Nur die besten Artisten treten hier auf. Stellt euch vor, es gibt sogar Leute in Australien, die das *Fantasia* in Berlin kennen."

„Cool." Lina platzte beinahe vor Stolz auf ihren Onkel.

„Wir sind jeden Abend ausverkauft. *Jeden* Abend!" Rocco parkte seinen Wagen, einen Uralt-VW-Käfer, auf einem Parkplatz, der eigens für die Artisten und Darsteller reserviert war, und drückte ihnen zwei Karten in die Hand. „Ehrentribüne, rechte Seite links." Er zwinkerte ihnen zu. „Viel Spaß euch beiden!" Damit verschwand er im Bühneneingang.

Es waren richtig gute Logenplätze. Carolin und Lina saßen neben aufgeputzten Frauen im Abendkleid und eleganten Herren im Frack und hatten einen Blick mitten in die Manege.

„Wenn uns Julia so sehen würde: Sie würde vor Neid tot umfallen", kicherte Lina.

„Mausetot", bestätigte Carolin.

Das Licht ging aus und der Spot fiel auf den Varietédirektor. Carolin lehnte sich zurück und tauchte ein in die Welt der Akrobaten und Tierbändiger. Rocco war kurz vor Schluss dran.

„Und jetzt, meine Damen und Herren, freue ich mich, Ihnen einen der weltbesten Feuerkünstler präsentieren zu dürfen", kündigte der Varietédirektor an. „Einen großen Applaus für Roccoooooooo!"

Lina trampelte begeistert mit den Füßen. „Mein Onkel Rocco! Ich bin so aufgeregt!!!"

Das Licht erlosch jetzt ganz und versetzte alle in völlige Finsternis. Dramatische Musik ertönte. Dann ging in der Zeltmitte ein Feuerzeug an und entzündete eine Fackel. Eine weitere folgte, dann noch eine, bis es vier waren. Im Fackelschein stand Onkel Rocco. Er trug eine schwarze, glänzende Pluderhose und seine langen schwarzen Haare waren zu einem Pferdeschwanz gebunden. Sein muskulöser Oberkörper schimmerte im Feuerschein. Er nahm eine Fackel, zog einige Feuerkreise durch die Luft und hielt sie dann dicht vor seine Lippen. Eine gewaltige Flamme quoll aus seinem Mund. Das Publikum raunte vor Begeisterung, als die Flammen noch in die Länge wuchsen und nun fast die gesamte Manege mit ihrem flackernden Licht erhellten. Er zog einen Kreis aus Licht, als eine weitere Person die Manege betrat und eine Zigarette präsentierte. Rocco zündete sie mit seinem Flammenstrahl an und löste damit einen weiteren Begeisterungssturm beim Publikum aus. Am Ende seiner Vorstellung machte er noch einige Flickflacks über brennende Stangen.

Carolin stand vor Spannung der Mund weit offen. „Unglaublich", murmelte sie.

„Das ist mein Onkel." Lina strahlte über das ganze Gesicht. Man sah ihr an, dass sie am liebsten mit einem Lautsprecher durch das Zelt gelaufen wäre und das gesamte Publikum über ihre Verwandtschaftsverhältnisse informiert hätte.

Tosender Applaus ertönte, als Rocco mit seiner Feuershow fertig war. Die Zuschauer standen von ihren Stühlen auf und applaudierten begeistert.

„Er hat versprochen, dass er mir das alles beibringt", rief Lina Carolin zu. „Dann kann ich auch bald hier auftreten, als seine Assistentin oder so!"

Carolin grinste. „Und ich will Freikarten für jede Show."

Lina sah sie ernst an und nickte. „Das ist ja wohl klar."

Nach der Show liefen Carolin und Lina zum Bühneneingang, um Rocco abzuholen, doch dieser ließ auf sich warten. Selbst als die Lichter ausgingen, war er noch immer nicht da.

Unruhig begann Lina herumzuzappeln. „Mann, Onkel Rocco, wo bleibst du denn?" Kurzentschlossen riss sie die Tür zum Bühneneingang auf. „Komm, Caro. Wenn er nicht kommt, dann müssen wir ihn eben suchen!"

Carolin folgte ihr. Im Inneren des Zeltes leuchtete nur

spärliches Licht den Weg zur Manege aus. Leise Stimmen drangen von dort zu ihnen herüber. Carolin erschauderte. Irgendetwas war hier nicht in Ordnung.

„Du, Lina …“, setzte sie leise an, doch sie unterbrach sich, als sie plötzlich Roccos Stimme erkannte.

„Da vorne muss er sein“, verkündete Lina und zog einen Vorhang zur Seite. Vor ihnen lag die Manege. Am Rand vor der Zuschauertreppe stand Onkel Rocco. Er hatte sich schon umgezogen. Neben ihm stand ein Mann im dunklen Anzug, das Gesicht im Schatten, und gestikulierte aufgeregt mit den Händen. Auf einmal packte Onkel Rocco den Frackmann kurz am Kragen, sagte etwas und ließ ihn dann sofort wieder los.

„Gehört das zur Show?“, wunderte sich Carolin leise.

„Vielleicht verhandelt Onkel Rocco gerade über sein Gehalt.“ Unschlüssig blieb Lina stehen.

„Es sah jedenfalls nicht sehr erfreulich aus“, fand Carolin.

Als sich Rocco umdrehte und die beiden Mädchen entdeckte, schien er einen Moment lang irritiert. Doch dann winkte er ihnen zu. „Bin gleich soweit. Wartet draußen.“

„Was war denn los?“, erkundigte Lina sich, als Rocco wenige Minuten später endlich erschien.

„Ach …“ Rocco schien genervt und fuhr sich ungeduldig durch die Haare. „Fabio wollte sich nun schon zum x-ten Mal vor der Miete drücken. Langsam reicht es! Ich bin auch nicht mit Krösus befreundet und wenn Fabio einmal sein Geld länger als drei Tage zusammenbehalten würde, dann könnte er auch zahlen.“

„Fast wie Taschengeldverhandlungen“, grinste Lina Carolin zu und krabbelte auf den Rücksitz des alten VW.

Doch Carolin lächelte nicht. Ihr kam der Mann komisch vor und sie hatte ein verdammt schlechtes Gefühl bei der Sache.

Es war schon fast Mitternacht, als sie heimkamen, und Carolin war hundemüde von dem langen, aufregenden Tag.

„Carolin, für dich hat jemand angerufen", empfing sie Maurizio schon im Gang. „Ich schätze, es war deine Mutter. Du sollst sie zurückrufen."

„Okay. Danke." Carolin nickte und war froh, dass es noch kein Bildtelefon gab, denn Maurizio bot in seinem hautengen schwarzen Artistenanzug nicht gerade einen alltäglichen Anblick. Mit Sicherheit hätte ihre Mutter erst einmal der Schlag getroffen und dann hätte sie sie auf der Stelle zurück nach Lilienthal beordert. Ines war beim Abschied ohnehin ziemlich kühl und skeptisch gewesen. Carolin war überzeugt davon, dass sie den ersten Anlass dazu nutzen würde, sie diesen Urlaub abbrechen zu lassen. Sie warf einen raschen Blick auf die Uhr. *So viel zum Thema ‚Nachts nicht mehr unterwegs sein'*, überlegte sie sich. *Andererseits, wenn ich mich nicht melde, steht sie vielleicht morgen vor der Tür und holt mich ab.*

Lina sah es ähnlich. „Besser du rufst zurück. Dann sieht sie, dass du noch am Leben bist, und ist beruhigt."

Carolin sah Lina an. „Um diese Zeit noch? Ich glaube nicht, dass ich sie damit beruhige."

„Doch, bestimmt. Erzähl ihr einfach von der Show. Das wird sie schon verstehen."

Carolin seufzte schwer und trat in die Küche, in der sie am Morgen das Telefon entdeckt hatte, doch es war besetzt. Rocco hatte ihr den Rücken zugewandt und sprach gerade.

„Du sollst mich doch hier nicht anrufen", zischte er wütend in den Hörer. „Und sag McKenzie, dass er seine Füße stillhalten soll. Wenn er mir noch einmal einen seiner Krawattenträger auf den Hals hetzt, dann kann er die Sache vergessen. Ich habe ihm gesagt, wie es läuft. Wenn er sich nicht daran hält, ist das Ganze für mich erledigt."

Lina, die hinter Carolin in der Tür stand, hob überrascht die Brauen.

„Glaubst du, dein Onkel steckt in Schwierigkeiten?", fragte Carolin leise und schob Lina zurück. Sie wollte auf keinen Fall beim Lauschen erwischt werden.

Lina hob die Schultern. „Keine Ahnung."

Sie hörten, wie Rocco den Hörer auflegte und durch die Hintertür verschwand.

„Jetzt du!", forderte Lina sie auf und schob ihre Freundin zum Telefon.

Carolin holte tief Luft, dann wählte sie die Nummer von zu Hause. „Hi Mam. Du hast angerufen?"

„Hallo Caro." Ines' Stimme klang erstaunlich fröhlich. „Wie geht's dir denn, mein Schatz?" Carolin blinzelte überrascht. *Keine Vorwürfe? Kein Warum-bist-du-um-diese-Zeit-noch-nicht-im-Bett?* „Gut, alles bestens. Berlin ist super und Rocco ist total nett."

„Das freut mich."

„Und wie geht es dir?"

„Prima. Weswegen ich eigentlich angerufen habe: Ich

fahre mit Florentine für zwei Wochen in ein Wellnesshotel. Sie hat von einem Vertreter einen Gutschein bekommen und mich überredet mitzukommen. Du weißt ja selbst, wie sie ist. Und da ich hier sowieso ganz allein bin …"

„Das klingt toll!" Carolin freute sich wirklich für ihre Mutter. *Ein paar Tage ausspannen mit ihrer besten Freundin tun ihr bestimmt gut. Und mir auch.* „Ich wünsch dir viel Spaß. Bis bald." Carolin wollte schon auflegen, doch dann sagte ihre Mutter noch etwas.

„Ach, Caro, warte. Für dich ist ein Brief aus Lindenhain gekommen. Von Nick Neuberg. Ist er wichtig? Soll ich ihn aufmachen? Oder hat das Zeit, bis du wieder hier bist?"

Ein Brief aus Lindenhain? Carolin zuckte zusammen. *Das kann nichts Gutes bedeuten!* Sie hatte mit einem Mal ein ganz merkwürdiges Gefühl in der Magengegend. „Ja, das heißt nein. Vielleicht ist er wichtig."

„Kann ich ihn dir irgendwie zufaxen?"

„Ja, Moment." Carolin kramte in ihrer Tasche. „Ferdi hat ein Faxgerät. Irgendwo habe ich auch seine Nummer. Sie durchwühlte ihren Geldbeutel, bis sie Ferdis Visitenkarte schließlich in Händen hielt und ihrer Mutter die Nummer diktierte.

„Okay, dann fahre ich morgen noch einmal schnell im Geschäft vorbei und gebe den Brief durch. Viel Spaß noch euch beiden. Pass gut auf dich auf, Schätzchen!"

Düstere Aussichten

„Morgen, Caro.“ Ferdi trat durch die Tür in den düsteren Gang der ehemaligen Villa und steuerte direkt auf die Küche zu. Dort setzte er sich an den Tisch. In seinen Händen hielt er das Fax von Carolins Mutter.

„Möchtest du was zum Trinken?“, fragte Lina und machte sich, als Ferdi nickte, auf die Suche. „Es dauert Stunden, bis man in dieser chaotischen Küche irgendetwas findet“, nörgelte sie, während sie drei Gläser mit Orangensaft füllte. „Eigentlich sollte das hier ein Besenschrank sein.“ Sie schüttelte den Kopf. „Ist ’ne echte Männerwirtschaft hier … Was steht denn in dem Brief drin?“, wechselte sie dann neugierig das Thema.

„Keine Ahnung.“ Ferdi reichte das Papier an Carolin weiter. „Ich habe ihn nicht gelesen. Der Brief ist schließlich an Caro gerichtet.“

Caro nahm das Fax entgegen und faltete es hastig auseinander.

„*Liebe Caro*“, las sie vor. „*Es fällt mir unglaublich schwer, dir diesen Brief zu schreiben. Du kannst dir gar nicht vorstellen, wie schwer. Oder vielleicht doch. Du weißt, wie ger-*

ne ich auf Lindenhain gearbeitet habe. Es war mein Leben; alles, was ich jemals wollte ... Ja, du liest richtig: es war! Ich werde Lindenhain verlassen und mir irgendwo anders einen Job suchen. Seit die Bank den Kredit für Gunnar abgelehnt hat, ist das Arbeilen mit ihm unerträglich geworden. Auch droht mir inzwischen mein Vermieter mit Rauswurf. Ich kann nicht länger darauf warten, dass Gunnar wieder zur Vernunft kommt und etwas unternimmt. Schließlich ging es vor dem Brand ja auch irgendwie. Aber jetzt hat er völlig aufgegeben und ist nur noch schlechter Laune. Leider sieht es im Moment so aus, als würdest du mit Sternentänzer und Cinderella nicht hierher zurückkehren können. Gunnar hat bereits damit begonnen, die Ponys zu verkaufen.

Es tut mir ganz wahnsinnig Leid, aber sicherlich findest du rasch einen anderen Reiterhof, der die Pferde aufnimmt. Herzliche Grüße und alles Gute, Nick."

Mit zitternden Händen ließ Carolin den Brief sinken. Sie konnte es sich gar nicht vorstellen, die Pferde irgendwo anders unterbringen zu müssen. Möglicherweise auf Dauer in so etwas wie diesen Reiterhof *Equitanius*. Ihr schauderte. Tränen verzerrten ihre Sicht. „Nein", murmelte sie immer wieder vor sich hin. „Nein! Lindenhain ist mein Zuhause, mein Leben. Es darf nicht sterben! Ich will keinen anderen Reiterhof! Ich will Lindenhain!" Ein Schluchzer schüttelte ihren Körper. Vor ihrem geistigen Auge sah sie alles ganz deutlich vor sich: die knorrigen Bäume, den Tümpel, das Haupthaus, die beiden Hunde Herr Maier und Carolinchen, die Katze Eulalia, Gunnar mit seinem Cowboyhut, Vicky mit ihren misslungenen Kuchen und Nick, ihren besten Freund. Nein, das durfte nicht alles vorbei sein!

Lina räusperte sich erschüttert. Der Orangensaft vor ihr war vergessen. „Verdammt! Dass es so schlimm ist …“ Sie biss sich auf die Lippe.

„Weißt du, was das bedeutet?“, murmelte Carolin betrübt.

Lina legte die Arme um Carolins Schultern und zog sie an sich. „Hey, jetzt warte erst mal ab. Nichts wird so heiß gegessen, wie es gekocht wird, würde Ami jetzt sagen.“

„Pah“, stieß Carolin verzweifelt hervor. „Und wenn doch? Gunnar hat aufgegeben!“

Lina las den Brief noch einmal durch. „Noch ist gar nichts entschieden. Hier steht nicht *Liebe Carolin, Lindenhain wird dichtgemacht und verkauft*, sondern nur, dass Nick Geld für seine Miete braucht und Gunnar noch nicht weiß, wie es weitergehen soll.“

„Ja, aber …“

Lina sah ihre Freundin streng an. „Heulen kannst du immer noch, wenn es soweit ist!“

Carolin schnaufte tief durch. Vielleicht bestand ja wirklich noch Hoffnung.

„Lina hat Recht“, bestätigte Ferdi auch schon. „Vielleicht ergibt sich ja noch etwas.“

„Was denn?“

Ferdi blies die Backen auf. „Keine Ahnung. Irgendwas. Ich werde mich mal umhören.“ Er erhob sich. „Lass den Kopf nicht hängen, Caro. Wir finden eine Lösung. Ganz bestimmt.“ Mit einem Schulterzucken zu Lina hin, zog er sich zurück und ging.

Carolin schniefte lautstark, nickte aber. Sie durfte jetzt nicht wie Gunnar einfach die Augen schließen und zusehen. Irgendetwas musste es doch geben! Sie sprang auf und tigerte in der Küche auf und ab. *Was soll ich nur tun? Wenn ich doch nur wüsste, ob ich eine Chance hab … Moment!* Da kam ihr ein Gedanke: *Sternentänzer! Ich muss Sternentänzer dazu befragen. Schließlich kann er in die Zukunft blicken. Also wird er auch die Zukunft von Lindenhain sehen können.* „Wann ist der nächste Vollmond?“, wandte sie sich wieder an Lina.

„Was?“ Lina runzelte völlig irritiert die Stirn.

„Der nächste Vollmond! Ich befrage in der nächsten Vollmondnacht einfach Sternentänzer.“

„Äh … ja … Klar doch! Ich glaub sogar, dass heute Vollmond sein müsste.“

„Perfekt! Weißt du, wie wir mitten in der Nacht zu diesem Equitaniushof kommen?“

„Hm. Lass mich mal auf die Karte sehen.“ Lina kramte den schon etwas zerknitterten Stadtplan hervor. „Von hier aus sieht es gar nicht so weit aus. Mit dem Fahrrad müsste der Hof eigentlich erreichbar sein.“

„Na toll. Jetzt brauche ich nur noch ein Rad.“

„Leo hat doch eins. Er hat bestimmt nichts dagegen, wenn wir es uns für einen guten Zweck borgen.“

Carolin verzog den Mundwinkel. „Ich möchte ihn nicht unbedingt darum bitten …“

„Nee. Das würde Fragen nach sich ziehen.“ Lina schüttelte den Kopf. „Wir gehen einfach mal davon aus, dass er nichts dagegen hat.“ Sie grinste Carolin verschwörerisch zu. „Sorg du für eine Taschenlampe und ich kümmere mich um den Drahtesel.“

Der Tag verging wie im Fluge. Schon war es dunkel und die Zeiger der altmodischen Uhr in der Küche rückten auf Viertel vor elf. Lina und Carolin hatten Karten gespielt, als Carolin sich langsam erhob.

„Ich glaube, wir sollten langsam los. Wer weiß, ob wir den Hof gleich finden."

„Nun mach mal halblang. Es ist noch genug Zeit. Hast du eine Taschenlampe auftreiben können?"

Carolin nickte und zog sie aus ihrer Umhängetasche. „Du errätst nie, wo ich das Ding gefunden habe."

„Im Kühlschrank?", grinste Lina.

„Fast. Es war der Schuhschrank."

Sie schlichen nach draußen. Lina hatte bereits dafür gesorgt, dass das Gefährt dicht am Haus lehnte und der Gepäckträger fest saß. Es war klapprig und ziemlich rostig, aber den ersten Belastungstests hielt es stand.

„Ich hoffe, das Ding hält uns beide aus", murmelte Lina skeptisch.

„Wie? Uns beide?"

„Na, denkst du, ich lass dich allein durch die Finsternis kurven?"

„Eigentlich schon."

„So ein Blödsinn! Berlin ist nicht Lilienthal. Außerdem darfst du strampeln. Ich löse dich ab, bevor du aus dem Sattel fällst."

„Na schön", nickte Carolin und schob das Rad so leise wie möglich durch den Garten auf die Straße. Der Gedanke, allein durch Berlin fahren zu müssen, hatte ihr doch gehörigen Respekt eingeflößt.

Als sie nach einer halben Stunde endlich den Reiterhof

erreichten, waren beide außer Atem. Irgendwie hatte sich unterwegs durch ein Schlagloch der Lenker verzogen, wodurch das Rad nur noch mit großer Anstrengung geradeaus zu fahren war. Auch war das ohnehin funzelige Licht ausgefallen und Lina hatte mit der Taschenlampe aushelfen müssen.

„Na toll", brummte Carolin leise, als sie vor einem hohen, verschlossenen Tor standen. „Und jetzt?"

Lina rüttelte vorsichtig an dem Schloss. „Da kommen wir nicht durch. Wir hätten uns gestern mal ein bisschen genauer umsehen sollen."

Carolin brummte. „Ich konnte ja nicht ahnen, dass die hier ihren Hof abriegeln wie Fort Knox." Sie lehnte das Rad gegen den Zaun und schlich daran entlang. Er war verdammt hoch. Zu hoch, um darüber zu klettern. Gerade jedoch, als sie bereit war aufzugeben, entdeckte sie ein Zaunstück, das etwas niedriger war und dazu vom Efeu teilweise heruntergedrückt wurde.

„Lina!" Sie fuchtelte nach ihrer Freundin. „Hier könnte es gehen. Hilf mir."

Lina faltete ihre Hände zur Räuberleiter und half Carolin so gut es ging. Dennoch hatte Carolin, als sie endlich auf der anderen Seite stand, einen aufgeschürften Ellenbogen, einen blutigen Riss am Knie und eine Hose, die genau am Hinterteil gerissen war.

Lina musste kichern, doch Carolin kümmerte sich nicht darum. Sie stand endlich auf dem Reiterhof.

Lina winkte ihr zu. „Beeil dich. Ich halte hier währenddessen die Stellung."

Carolin nickte ihr zu, überquerte dann so leise wie möglich eine der Weiden und lief zum Stall. Dort schob sie vorsichtig den Riegel zurück und lauschte dabei immer wieder in die Nacht hinaus. Hastig durchquerte sie die Boxengasse, bis sie Sternentänzer erreichte, der sie mit einem freudigen Wiehern begrüßte.

„Schschscht!“, versuchte sie ihn hastig zu beruhigen und küsste zärtlich sein Samtohr. „Hallo mein Süßer. Du hast schon auf mich gewartet, ich weiß! Es ist Vollmond. Das ist deine Nacht. Ja … Schschscht, ganz leise!“

So geräuschlos wie möglich bugsierte Carolin Sternentänzer nach draußen und kletterte auf seinen Rücken. Dann beugte sie sich ganz dicht über seinen Hals und vergrub ihre Hände in seiner weichen Mähne. „Lauf, Sternentänzer!“, raunte sie ihm zu und schon stürmte der Hengst los.

Die Nacht war herrlich. Wie geschaffen für einen Ausritt. Die Luft war warm, aber nicht heiß, und der Vollmond schuf ein romantisches Licht. Sternentänzer jagte nur so an den eingezäunten Weiden vorbei, als Carolin abrupt wieder einfiel, weshalb sie hier war. „Okay, Sternentänzer.“ Sie zügelte ihn ein wenig. „Es geht um Lindenhain. Werden wir noch ein Zuhause haben, wenn wir zurückkommen? Ich wünschte, ich könnte die Zukunft von Lindenhain sehen.“

Kaum hatte sie ausgesprochen, fuhr ein Ruck durch den Körper des Pferdes. Es gewann wieder an Geschwindigkeit und galoppierte davon. Carolin klammerte sich krampfhaft an seiner Mähne fest. Ihr wurde schwindlig. Ihr Kopf schien sich zu drehen und sie spürte, wie sie das bekannte Gefühl einer Fahrt im Kettenkarussell überkam. Erste Bilder huschten vor ihrem geistigen Auge vorbei. Grau, verschwommen, irgendwie seltsamer als sonst. Fast wie durch einen Zerrspiegel verformt. Sie versuchte sich stärker zu konzentrieren, doch das Bild wurde nicht klarer. Sie sah den Reiterhof ... *überall stehen Bagger und Kräne herum. Einige der Maschinen reißen tiefe Löcher in die grünen Pferdeweiden. Dort, wo früher das Schild mit der Aufschrift ‚Reiterhof Lindenhain' hing, steht jetzt ‚Sporthotel Superfun'. Daneben der Name einer Baufirma. Gunnar sitzt zusammengesunken auf der alten Holzbank. Von Herrn Meier und Carolina, den Hofhunden, fehlt jegliche Spur. Gunnars Haare sehen vernachlässigt und strähnig aus. Er starrt vor sich auf den Boden. Jemand geht mit einem Koffer in der Hand an ihm vorbei. Es ist Vicky. Sie geht einfach zum Tor, als würde sie ihn nicht sehen ...*

Carolin rang nach Atem, als Sternentänzer abbremste und zum Schritt verlangsamte. Zärtlich klopfte sie seinen langen Hals. Sie zitterte am ganzen Körper. Mit wackeligen Knien brachte sie ihn zurück in seine Box, lehnte sich gegen die Wand und sank auf den Boden. Sie schloss die Augen. *Ich habe das Ende von Lindenhain gesehen!* Verzweifelt fuhr sie sich mit den Händen durch die Haare und versuchte den dicken Kloß in ihrem Hals hinunterzuschlucken. *Das geht nicht, das darf einfach nicht wahr sein! Vielleicht hat sich Sternentänzer getäuscht? Andererseits hat er sich noch nie geirrt ... Vielleicht hat ihn die fremde Umgebung einfach nur durcheinander gebracht?*, versuchte Carolin sich Mut zu machen. Immerhin war das Bild diesmal auch völlig ungewöhnlich gewesen. Sie hievte sich hoch und lehnte sich gegen Sternentänzers weichen Hals. „Sag bitte, dass das nicht wahr wird, Sternentänzer", murmelte sie und spürte, wie Tränen in ihre Augen stiegen.

Hoffnung für Lindenhain

„Wir müssen etwas tun!“, beharrte Carolin am nächsten Morgen, nachdem sie eine schlaflose Nacht verbracht hatte. „Am liebsten würde ich wieder zurück nach Hause fahren.“

„Und was willst du dort machen? Ich weiß nicht, wie es bei dir aussieht, aber mein Sparschwein umfasst nicht mehr allzu viel. Wenn ich das Geld mit einberechne, das ich für diesen Urlaub noch bekommen habe, komme ich vielleicht auf 200 Euro. Was ist mit dir?“

„Hm. Auch nicht mehr. Ich könnte mein Bike verkaufen, aber das bringt auch nicht wirklich etwas.“ Sie fuhr sich durch die Haare. „Aber ich kann doch nicht einfach hier bleiben und zusehen, wie alles kaputt geht.“

Lina unterdrückte ein Gähnen. „Vielleicht fällt Ferdi ja noch etwas ein. Seine Mutter hat doch Geld wie Heu …“

Als hätte er sie gehört, stand Ferdi kurz darauf vor Roccos Tür und mühte sich damit ab, ein breites Grinsen zu unterdrücken. „Hallo“, strahlte er und grinste unverhohlen.

„Hast du im Lotto gewonnen, oder was?“, wollte Lina irritiert wissen.

„Viel besser." Er wandte sich an Carolin, die gerade die Treppe herunterkam. „Ihr braucht doch Kohle für Lindenhain!"

Carolin nickte.

Lina schob Ferdi ins Wohnzimmer. „Und? Bringst du uns gerade einen Koffer voll Geld mit?"

Ferdi schüttelte den Kopf. „Geht leider nicht. Auf meinem Konto hat meine gestrenge Mutter die Pfoten drauf, aber ich hab da eine wahnsinnsgeniale Idee."

„Sag schon!", drängelte Carolin.

Ferdi lehnte sich lässig gegen den Türrahmen. „Kann man als möglicher Lindenhainretter vielleicht etwas zu trinken angeboten bekommen?"

Carolin stemmte die Hände in die Seite. „Mach's nicht so spannend!"

„Na schön." Ferdi wurde etwas ernster. „Also, ich hab gehört, dass sie in einem unserer Partnerreitclubs ein Turnier veranstalten ..."

Carolin zuckte mit den Schultern. „Na und?"

„... mit ziemlich hohen Preisgeldern." Er zwinkerte Carolin zu. „Das wäre doch eine Chance, oder? Du machst einfach mit, gewinnst die Kohle und Lindenhain ist gerettet."

Carolin sah Ferdi an und lupfte eine Braue. „Du bist echt lustig. Wie bitteschön soll das möglich sein? Ich kann reiten, mehr nicht. Wie soll ich an einem Turnier teilnehmen, in dem Springen, Dressur oder sonst was gefragt wird?"

Ferdi schnaubte tief. „Dass das nicht geht, ist mir auch klar. Aber es ist ein Turnier im Distanzreiten."

„Im was?“

Ferdi grinste breit. „Musste ich mir auch erst erklären lassen. Aber es klang eigentlich ganz einfach. Du musst nur eine abgesteckte Strecke zurücklegen. Dabei überquerst du Bäche, überwindest natürliche Hindernisse, öffnest und schließt Tore und so was in der Art. Das Pferd muss, ich zitiere den Typen aus dem Club: ‚*in Selbsthaltung die Strecke bewältigen und mit gelegentlichen Kommandos des Reiters wissen, was es zu tun hat*‘. Das ist alles.“

Lina nickte Carolin zu. „Klingt doch gar nicht so schlecht.“

Carolin sah Ferdi misstrauisch an. „Nur Reiten? Sonst nichts?“

Ferdi grinste. „Ab und zu sollte das Pferd auch noch einen Purzelbaum schlagen und Walzer tanzen. Nein, keine Sorge. Weite Strecken zurückzulegen liegt in der Natur des Pferdes. Und eines Arabers ohnehin.“ Er verzog das Gesicht. „Meine Mutter will, dass ich dabei mitmache. Als sie mich angemeldet hat, meinte der Typ vom Club wohl, dass es mir noch an entsprechender Bildung über Distanzritte mangelt. Er hat mir eine ewig lange Geschichte vom legendären Ponyexpress in Amerika erzählt. Und von einem Ritt über 10.000 Meilen, den ein gewisser Tschiffley quer durch Amerika gemacht haben soll. Und was weiß ich was noch für Storys.“ Er gähnte demonstrativ. „Superspannend!“

„10.000 Meilen? Da bin ich ja eine Ewigkeit unterwegs. Bist du noch ganz ...?“, begann Carolin und unterbrach sich dann. „Wie: Deine Mutter hat dich angemeldet?“

Ferdi kratzte sich verlegen hinterm Ohr. „Sie hat noch immer nicht aufgegeben, aus mir einen berühmten Turnierreiter machen zu wollen. Ihrer Meinung nach ist Distanzreiten der perfekte Einstieg."

„Einstieg? Bei solchen Strecken steige ich lieber aus."

Ferdi kicherte. „Keine Bange. Es gibt Einführungsritte bis zu 40 Kilometer, Kurze Distanz-Ritte von 40 bis 59 Kilometer, Mittlere Distanz-Ritte von 60 bis 79 Kilometer und Lange Distanz-Ritte von 80 bis 160 Kilometer. Alles halb so wild! Und der Club veranstaltet ein Kurz-Distanz-Rennen."

„Ja … und ich soll dich jetzt trainieren oder wie?"

„Nein." Ferdi schüttelte den Kopf und scharrte verlegen mit dem Fuß auf dem Boden. „Ich dachte eigentlich, dass du an meiner Stelle reitest."

„Das klingt doch genial." Lina klatschte begeistert in die Hände.

„Hm. Ich weiß nicht so recht. Was sagt deine Mutter dazu?"

„Tja … Sie weiß es noch nicht."

„Dann ruf sie doch gleich an!" Lina war Feuer und Flamme.

„Am besten ihr kommt gleich mit ins Café", schlug Ferdi vor. „Meine Mutter müsste gerade dort sein."

Caro schluckte. Sie konnte sich vorstellen, dass Frau Reifenbach von dieser Idee alles andere als begeistert sein würde. Andererseits könnte dies die Chance sein, auf die sie so sehnsüchtig gewartet hatten. Möglicherweise nicht durch den Ritt an sich, aber vielleicht konnte sie ja genug Werbung für Lindenhain machen und damit neue Feriengäste anlocken …

Auf dem Weg träumte Carolin mit offenen Augen vor sich

hin. Sie sah sich mit Sternentänzer über hohe Hindernisse fliegen, über einen Dressurplatz traben und an der Siegerehrung aufs Treppchen steigen. In ihrer Fantasie bekam sie einen riesigen Scheck überreicht, mit dem sie Lindenhain retten konnte.

Ferdis Mutter saß auf der Terrasse eines Nobelcafés unter einem weit aufgespannten Sonnenschirm und trank Tee. Sie trug ein luftiges dunkelrotes Chiffonkleid mit weißen Tupfen, offene Schuhe mit schwindelerregend hohen Absätzen und auf dem Kopf einen Hut, so breit wie eine Suppenschüssel.

Ferdinand setzte sich zu ihr. „Es gibt doch dieses Turnier …", begann er gleich.

„Guten Tag, Ferdinand", unterbrach ihn seine Mutter. Dann musterte sie Lina und Carolin von oben bis unten. „Willst du mir deine Freunde nicht vorstellen?"

„Das sind Carolin und Lina aus Lilienthal", machte Ferdi sie miteinander bekannt.

„Guten Tag, ihr beiden." Frau Reifenbach nickte leicht, ohne ihren Hut dabei allzu viel zu bewegen.

„Guten Tag, Frau Reifenbach", antworteten beide artig wie im Chor.

Ferdis Mutter deutete auf die Stühle. „Setzt euch doch bitte. Möchtet ihr eine Tasse Tee? Ein kühles Getränk?"

„Ich hätte gern eine Cola", nickte Lina sogleich.

„Und du, Carolin?"

„Ich auch, danke."

„Mam, ich hab Carolin von dem Turnier erzählt, das der Berliner Reitverein veranstaltet. Du weißt doch."

Frau Reifenbach nickte. „Natürlich weiß ich das, Ferdinand."

„Genau, und ich dachte mir …"

Noch bevor Ferdinand ausreden konnte, hob Frau Reifenbach die Hände. „Ich möchte nicht mehr mit dir darüber diskutieren …"

„Aber Caro reitet viel besser als ich! Lass sie an meiner Stelle starten und wir haben tatsächlich eine Chance."

Der Kellner stellte die Gläser auf den Tisch.

„Ich werde Sie nicht enttäuschen", flehte Carolin. „Bitte. Geben Sie mir eine Chance. Sternentänzer ist der Beste. Sie werden sehen. Und wenn ich hart trainiere, dann können wir es schaffen."

Frau Reifenbach stellte die Tasse ab, die sie gerade zum Mund führen wollte. „Es war nicht fair von Ferdinand, dich auf diese dumme Idee zu bringen." Sie musterte ihren Sohn mit strengen Blicken. „Ich hatte mich doch klar genug ausgedrückt, oder? Ich wünsche, dass du auf Cinderella an den Start gehst. Und komm bitte nicht jeden Tag mit einer neuen Idee, um dich davor zu drücken. Und jetzt entschuldigt mich, ich habe sehr viel zu tun." Damit stand sie auf und verschwand.

Carolin senkte den Blick und starrte in ihre Cola. Das war's. Frau Reifenbach hatte eiskalt geklungen. Diese Frau war nicht mehr umzustimmen.

Ferdi hockte daneben wie ein begossener Pudel. Er zuckte hilflos mit den Schultern. „Tut mir echt Leid, Carolin. Ich hatte gehofft …" Er grinste schief. „Cinderella und ich. Das absolute Dreamteam. Unser größter Erfolg wäre, wenn wir es jemals ins Ziel schaffen könnten. Und ehrlich gesagt, nicht einmal damit rechne ich."

Carolin fuhr mit dem Finger den Rand ihres Cola-Glases nach. Sie wollte sich nicht anmerken lassen, wie enttäuscht sie war. „Lass mal, Ferdi. Du kannst ja nichts dafür."

Lina blickte auf den Boden und scharrte ratlos mit ihren Schnürstiefeln über die Marmorplatten.

„Ich würde ja sagen: Hey, ich mach's für euch. Ich hol euch den Preis und ihr bekommt die Kohle für Lindenhain." Ferdi zuckte mit den Schultern. „Aber, wie gesagt: Ich gewinn nicht mal einen Blumentopf."

Carolin warf Lina einen traurigen Blick zu. Alles vorbei.

Lina seufzte tief. „Und wenn wir mit Ferdi ganz intensiv trainieren? Wenn du und Sternentänzer ihn und Cinderella so richtig fordert", meinte sie mit einem Grinsen über Ferdis entsetztes Gesicht, „haben wir vielleicht doch noch eine Chance. Soviel ich von diesem Distanzreiten kapiert habe, geht es doch vor allem darum, dass das Pferd gut läuft." Sie sah Ferdi fragend an, der bestätigend nickte.

„Na also, dann muss sich Ferdi doch nur auf dem Sattel festhalten. Alles andere macht Cinderella." Lina legte den Kopf schräg und sah Ferdi fragend an. „Auf dem Sattel sitzen wirst du ja wohl können, oder?"

Ferdi blickte zu Carolin. „Was meinst du zu Linas Idee?"

Carolin kaute auf ihrer Unterlippe. „Schätze, es ist die einzige Chance, die wir haben."

Lina sprang auf. „Dann lasst uns am besten sofort mit dem Training beginnen. Jede Minute ist kostbar! Du bist doch dabei?"

„Klar", nickte Ferdi, doch man sah ihm ganz deutlich an, dass er alles andere als begeistert war.

„Hey!" Carolin packte ihn noch einmal am Ärmel. „Danke. Und es tut mir Leid, dass du wegen des Eishockeytrainings bei deiner Mutter immer noch keinen Erfolg hattest."

„Schon okay." Ferdi lächelte und zwinkerte ihr aufmunternd zu.

In den nächsten Tagen und Wochen trafen Carolin, Lina und Ferdi sich jeden Morgen um neun Uhr auf dem Reiterhof und trainierten. Carolin erschien meist schon eine halbe Stunde früher, um noch ein wenig bei Silberstern und seiner neuen Herde bleiben zu können.

Herr Kolb hatte Recht. Silberstern schien tatsächlich jede Menge Spaß in seiner neuen Herde zu haben. Seine Augen leuchteten und er war von einer schier unzubändigenden Energie erfüllt. Liebevoll stupste er Carolin jeden Tag an und forderte sie immer wieder zum Spielen auf. Carolin genoss die kurze Zeit, in der sie mit Silberstern noch ein wenig kuscheln konnte.

„Dir scheint's ja richtig gut zu gehen", lachte sie eines Morgens, als er sie erneut anstieß. In diesem Moment klang ein ungeduldiges Wiehern vom anderen Ende der Weide zu ihnen herüber und Silberstern wandte aufmerksam den Kopf. „Na, hast du Angst, du könntest etwas verpassen?" Carolin streichelte noch einmal durch seine Mähne. „Na dann lauf schon zu deinen Freunden und genieß die Zeit." Sie seufzte und wandte sich Ferdi und Lina zu, die gerade den Hof überquerten. „Hallo ihr beiden! Bereit fürs Training, Ferdi?“

„Nein.“ Ferdi stöhnte leise. „Ich habe noch furchtbaren Muskelkater von gestern. Aber lass uns trotzdem loslegen.“

Sie sattelten die Pferde und führten sie dann auf das offene Trainingsgelände hinaus, das ihnen Herr Kolb empfohlen hatte.

Dort trieb Carolin Sternentänzer vor Cinderella, um auf diese Weise das Tempo vorgeben zu können. Doch obwohl Cinderella sich Mühe gab mitzuhalten, saß Ferdi wie ein Stein auf ihrem Rücken.

„So geht das nicht.“ Lina, die sich das eine Zeit lang mit angesehen hatte, schüttelte den Kopf. „Ferdi, du musst dich den Bewegungen deines Pferdes anpassen. Stell dir vor, dir würde jemand eine Holzpuppe auf den Rücken binden. Ungefähr dieses Gefühl muss Cinderella jetzt haben.“

„Tut mir Leid“, schnaufte Ferdi mit hochrotem Kopf. „Ich gebe mir ja Mühe. Ich muss mich erst einmal wieder daran gewöhnen.“

Von jetzt an gingen sie es ganz langsam an. Erst als Ferdi halbwegs sicher im Sattel saß, wagten sie sich wieder auf offenes Gelände hinaus. Wieder lenkte Carolin ihren Sternentänzer nach vorne und trabte an. Als sie jedoch zum Galopp übergehen wollte, hörte sie Ferdinand hinter sich bereits schnaufen. „Caro, warte!“

Sie bremste Sternentänzer ab und wartete, bis die beiden neben ihr waren.

„Cinderella hat heute irgendwie keine Lust. Ich habe das Gefühl, ich müsste einen Mühlstein bewegen.“

„Vielleicht solltest du eine Karotte an einer Schnur befestigen und vor ihrer Nase baumeln lassen“, schlug Carolin vor.

„Ich glaube, das würde mich im Moment mehr locken. Hast du keinen Hunger?“

„Doch. So langsam schon.“

„Reiten wir zurück und machen Mittagspause.“

„Das ist doch mal ein guter Vorschlag.“ Lina klatschte begeistert in die Hände.

„Ich lade euch auch ins Clubrestaurant ein“, bot Ferdi an.

„Wow. Danke.“ Carolin lächelte ihm zu.

„Fällt unter Spesen“, grinste Ferdi. „Schließlich hat meine Mutter mir die ganze Sache ja auch eingebrockt.“

Lina war nicht ganz so begeistert von dieser Idee. Der Gedanke unter all diesen aufgeputzten Reitern sitzen zu müssen, gefiel ihr gar nicht gut, aber auch sie hatte Hunger und ließ sich deshalb überreden.

Zum Glück fanden sie noch einen Platz am Rand der breiten Aussichtsterrasse, der ein wenig von Pflanzenkübeln verdeckt wurde.

Dort beriet Ferdi sie, was man ungefährdet genießen konnte, und lehnte sich dann aufseufzend in seinem Stuhl zurück. „Ihr seid fast schlimmere Lehrmeister als Vicky“, stöhnte er.

Carolin grinste, als der Kellner die Getränke servierte.

„Hey, ist das nicht der Typ von neulich?“, fragte Lina plötzlich und sprang halb vom Stuhl. „Der, der bei Rocco am Ende der Show in der Manege stand.“

„Fabio?“ Caro runzelte die Stirn. „Wo denn?“

„Ist gerade zwischen den Stallgebäuden verschwunden.“

„Was sollte Fabio hier zu suchen haben?“

„Vielleicht plant er eine neue Nummer mit Pferden."

„Und dann sieht er sich ausgerechnet hier um? Blödsinn", kommentierte Carolin.

Lina hob die Schultern. „Er sah eben so aus wie die Type neulich bei Rocco in der Manege und viel mehr habe ich von Fabio ja auch noch nicht gesehen. Vielleicht habe ich mich ja geirrt."

Nach dem Essen ging das Training für Ferdi unerbittlich weiter. Am Ende des Tages hing der Arme völlig erschöpft mit hochroten Ohren auf Cinderella und klammerte sich im Sattel fest. Auf seiner Stirn standen Schweißtropfen und er schnaufte wie nach einem Marathonlauf.

„Ich krieg's schon hin, Caro. Keine Sorge", stieß er tapfer hervor, aber niemand glaubte weniger daran als er selbst.

„Du schaffst das", versicherte Carolin, doch ihre Hoffnung schwand mit jedem Trainingstag ein wenig mehr. Nicht dass Ferdi sich keine Mühe gegeben hätte, aber er war einfach nicht dafür geboren, auf einem Pferderücken zu sitzen.

Am fünfundzwanzigsten Trainingstag tauchte Ferdi schließlich gar nicht mehr auf. Carolin lehnte schon seit über einer Stunde an einem Baum und versuchte auf Grashalmen zu pfeifen. Sternentänzer wartete geduldig. „Ach, Sternentänzer", seufzte Carolin, ließ den Grashalm fallen und strich über seine Samtnase. „Warum können nicht wir zwei bei diesem Turnier antreten? Das ist so ungerecht! Wir hätten zumindest eine kleine Chance!" Sie nahm seine Zügel und stieg in den Sattel. „Lass uns mal nachsehen, wo die beiden abgeblieben sind."

Gleich am Anfang des kleinen Feldwegs, der vom Reiterhof Richtung Wald führte, bot sich ein Bild des Jammers. Ferdi hockte mit angezogenen Knien auf dem Waldboden. Cinderella stand daneben und schnüffelte zwischen alten Blätterhaufen herum.

Carolin sprang ab. „Was ist denn mit dir passiert, Ferdi?"

Er zuckte mit den Schultern.

„Bist du gestürzt? Hast du dich verletzt? Ist was gebrochen? Jetzt sag schon!"

„Nee, nicht gestürzt. Irgendwie abgerutscht."

Carolin sah ihn ungläubig an. „Wie, abgerutscht?"

Ferdi stand auf. „Was weiß ich? Abgerutscht eben!" Über seiner Stirn bildete sich eine düstere Falte. Seine abstehenden Ohren glühten. „Langsam hab ich sowieso die Nase voll." Er ballte die Hände zu Fäusten. „Ich bin kein guter Reiter, war's nie, werde es nie und wollte es nie sein. Sorry, Carolin. Ich wollte euch wirklich helfen, aber ich bekomme es nicht hin. Ich meine: Ich könnte ja antreten, aber mehr als ein Trostpreis ist nicht drin! Und wenn ich den Rest meines Leben trainieren würde."

Carolin nickte betrübt. „Ich fürchte, du hast Recht, Ferdi. So wird das nichts."

Ferdi kickte einen Stein mit aller Kraft in den Wald. „Tut mir echt Leid, wenn ich dich enttäuscht habe."

Er sah so zerknirscht aus, dass Carolin trotz ihrer Enttäuschung lächeln musste. Ganz spontan drückte sie ihm einen Kuss auf die Wange. „Hey, du hast alles versucht und das war echt superklasse von dir."

Ferdi sagte nichts, sah sie nur an, aber sein Kopf verfärbte sich dunkelrot, von einem Ohr zum anderen.

„Ich wusste von Anfang an, wie du zu Pferden stehst, aber du hast trotzdem alles getan, um uns zu helfen. Das vergesse ich dir nie." Carolin begann Sternentänzer und Cinderella einzufangen.

„Was willst du jetzt machen?", fragte Ferdi.

Carolin legte den Kopf gegen Sternentänzers weiches Fell. „Keine Ahnung."

„Es gibt bestimmt noch andere Möglichkeiten, Lindenhain zu retten."

„Ganz bestimmt", nickte Carolin, obwohl ihr ganz klar war, dass es die nicht gab. Sie spürte einen dicken Kloß im Hals und drückte ihr Gesicht ganz dicht an Sternentänzer. Ferdi sollte die Tränen in ihren Augen nicht sehen. Dann hörte sie, wie er Cinderellas Zügel aufnahm und sich leise davonstahl.

Rocco in Gefahr

Carolin blieb noch eine Weile, machte schließlich allein einen Ausritt und kehrte erst am Abend zum Stall zurück, um Sternentänzer zu putzen. Inzwischen hatte sie schon so oft darauf bestanden, dies selbst zu tun, dass die Pfleger nicht einmal mehr aufblickten, wenn sie nach dem Putzzeug suchte. Draußen dämmerte es bereits, als sie sich daran machte, Sternentänzer sorgfältig trocken zu reiben, ihn zu striegeln und ihm die Hufe auszukratzen. Der schöne Hengst hatte eine ganz besondere Wirkung auf sie. In seiner Nähe schienen sich alle Sorgen in Luft aufzulösen. Sie fühlte sich sicher, geborgen und heiter, wenn er bei ihr war. Auch diesmal hatte er ihre Tränen im Nu wieder getrocknet. „Ach Sternentänzer“, seufzte sie. „Was soll nur aus uns werden? Aus Lindenhain. Es muss doch noch irgendeinen Weg geben, Gunnar zu helfen.“

Sternentänzer wiegte bedächtig den Kopf, als würde er jedes Wort verstehen.

„Und wenn nicht, was soll ich mit dir machen? Dich in mein Zimmer einquartieren? Oder im Garten an den Apfelbaum binden?“ Carolin seufzte. „Dieses verfluchte Feuer ist an allem schuld." Sie trat mit voller Wucht gegen einen Strohballen. „Und Danny. Ich wünschte, ich hätte ihn niemals kennen gelernt." Wie immer, wenn sie an Danny dachte, zuckte ein bittersüßes Gefühl durch ihr Herz. „Dieser verdammte Blödmann!"

Aus der Ferne hörte sie die Glocke, die verkündete, dass es nun selbst für Pferdenarren allmählich an der Zeit war, ihre Tiere den Pflegern und ihrer wohlverdienten Nachtruhe zu überlassen. Aufgrund ihres harten Trainings mit Ferdi hatte Carolin in letzter Zeit diese Grenze jedoch häufiger überschritten und sich deshalb über Ferdi von Herrn Kolb eine Sondergenehmigung geben lassen. Auch kannten die Pfleger sie inzwischen gut genug, um keinen Aufstand mehr zu machen. Einige von ihnen waren sogar ganz nett, wenn man sie erst einmal näher kannte.

Irgendwann stupste Sternentänzer sie plötzlich unruhig an. Er begann nervös zu tänzeln und warf seinen Kopf hin und her. Dabei schnaubte er immer wieder, als wolle er ihr ganz dringend etwas mitteilen. Carolin ging zu ihm, legte die Hand auf seine Nüstern und versuchte ihn zu beruhigen. „He, was ist denn los, mein Süßer? Mach dir keine Sorgen. Irgendwie biegen wir das schon hin."

Aber Sternentänzer beruhigte sich nicht. Stattdessen wurde er immer wilder. Er scharrte mit den Hufen und peitschte mit dem Schweif.

„Ruhig, Sternentänzer, ganz ruhig!"

Doch es war einfach nichts zu machen. Mit aller Kraft drängte das Pferd jetzt in Richtung Boxentür und stupste Carolin leicht dagegen.

„Wirfst du mich raus?" Sie öffnete sie Tür und trat auf den

Gang hinaus, als Sternentänzer sich auch schon an ihr vorbei drückte und nach draußen trabte. Carolin rannte ihm hinterher. Erst im Freien hielt er inne und sah sie abwartend an. Außer Atem blieb Carolin bei ihm stehen. Dann blickte sie in den Himmel und verstand. Die Zeit war vergangen wie im Flug. Es war eine herrlich klare Vollmondnacht und Sternentänzer wollte ausreiten.

Carolin lächelte. „Sag das doch gleich!"

Der Hengst sah sie mit großen samtbraunen Augen an.

Carolin nickte ihm zu. „Ja, stimmt. Ich hätte auch mal in den Kalender schauen können!"

Wieder scharrte Sternentänzer mit den Hufen auf dem Boden. Offenbar wollte er in dieser Nacht um jeden Preis ausreiten.

Carolin holte rasch einen Sattel und schwang sich auf Sternentänzers Rücken, als er auch schon lospreschte. Die Weidezäune um sie herum verschwammen bald zu einem silbrigen Strich. Carolin hatte Mühe sich auf seinem Rücken zu halten, als sich ganz allmählich das Schwindelgefühl einschlich. Alles begann sich zu drehen, seinen Platz zu verändern und irgendwie anderen Gesetzmäßigkeiten zu folgen. Sternentänzer ritt noch schneller und schließlich formten sich Bilder in Carolins Kopf. Schnell, konturenlos, wie durch einen Weichzeichner gefiltert. Sie sah … *eine finstere Straßenecke. Abgebröckelte Fassaden. Müll liegt auf der Straße, die von einer dämmrigen, mit Graffiti beschmierten Straßenlaterne fast gar nicht erhellt wird. Ein Mann, in einen dunklen Mantel gehüllt, geht schnellen Schrittes bis zum Ende der Straße. Er wirkt nervös, denn er blickt sich immer wieder um. Ein weiterer Mann folgt ihm.*

Er duckt sich hinter Mülltonnen und versucht unbemerkt näher zu kommen. Es ist der Mann aus der Manege. Nicht Fabio, so viel ist sicher. Plötzlich spurtet der Typ aus der Manege los und packt den ersten Mann von hinten. Der Angegriffene sackt fast augenblicklich zusammen. Blut sickert auf den Asphalt. Jetzt sieht man das Gesicht des Zusammengebrochenen. Es ist Rocco …

Sternentänzer wurde langsamer. Er keuchte und lief schwerfälliger. Als Carolin die Zügel enger fasste, verlangsamte er gehorsam zum Trab und dann zum Schritt. Carolins Herz klopfte bis zum Hals. Sie hatte Angst. Sie musste Rocco unbedingt warnen! Hastig brachte sie Sternentänzer zurück in seine Box, rieb ihn trocken und fuhr so rasch wie möglich in die Ahornstraße 27.

In den Fenstern der baufälligen Villa in der Ahornstraße brannte kein Licht mehr. Alles schien bereits zu schlafen, als Carolin die Stufen hinaufrannte und dabei beinahe gestolpert wäre. Mit Schwung stürzte sie in Roccos Zimmer. Das Bett war zerwühlt, aber leer.

„Lina!“, rief sie schon über den Gang und riss die Tür auf, um ihre Freundin wachzurütteln. „Wach auf!“

„Hä?“ Lina öffnete nur kurz ein Auge, dann zog sie die Bettdecke über die Ohren und drehte sich auf die andere Seite.

„Lina!“ Carolin zog ihr die Bettdecke weg. „Wach auf! Schnell!“

Lina kuschelte sich tiefer in ihr Kopfkissen. „Lass mich in Ruhe“, knurrte sie misslaunig.

„Und wenn ich einen Eimer Wasser hole ...", drohte Carolin, als Lina schließlich den Kopf hob.

„Spinnst du?"

Carolin packte sie an der Schulter. „Hör zu, es geht um Leben und Tod."

„Was ist denn?", erkundigte sich Lina, jetzt auch alarmiert.

Carolin erzählte in schnellen Worten von ihrem Ausritt mit Sternentänzer und ihrer Vision.

„Wo ist Onkel Rocco?", fragte sie am Ende.

„Er schläft. – Nehme ich zumindest an."

„Nein. Ich habe eben nachgesehen."

Mit einem Ruck war Lina aus dem Bett und schlüpfte auch schon in einen ihrer geblümten Röcke. „Wir müssen ihn finden! Weißt du genau, wie die Straße in deiner Vision aussah? Ist es hier in der Gegend? Konntest du einen Straßennamen erkennen?"

Carolin biss sich hektisch auf die Unterlippe. „Da war jede Menge Müll. Alles sah ziemlich heruntergekommen aus ... Keine Ahnung."

Lina packte Carolin am Arm. „Überleg noch mal ganz genau! Streng dich an!"

„Mann, Lina!"

„Gut, okay. Gehen wir erst einmal nach draußen. Vielleicht erkennst du ja was wieder. Wie sahen die Häuser denn aus? Waren sie eher hoch, wie Blöcke oder wie verlassene Villen?"

Sie hetzten die Treppe hinunter. „Keine Villen." Carolin schüttelte den Kopf. „Eher wie ... da!" Sie zeigte in eine der angrenzenden Straßen. „Lagerhallen. Nicht diese, aber so ähnlich."

„Okay, Caro. Streng deine grauen Zellen an!" Lina bekam vor Aufregung rote Flecken am Hals.

„Und wenn wir die Polizei benachrichtigen?", überlegte Carolin.

„Cool. Und was sagen wir denen? Mein Onkel ist nicht in seinem Bett und meine Freundin hatte eine Vision. Bitte suchen Sie ihn zwischen ein paar Lagerhallen, wo viel Müll rumliegt. Super Idee, Caro!" Sie zog ihre Freundin in Richtung der Straße mit den Hallen. „Schauen wir mal, wie es dahinter aussieht. Vielleicht liegen wir ja richtig."

Carolin sah sie zweifelnd an, dann kam ihr eine Idee. „Warte Lina. Ich glaube, ich weiß es! In welche Richtung sind wir damals zur Show gefahren?"

Lina wirbelte einmal um die eigene Achse. „Ich glaube, hier lang."

„Dann los!" Die beiden hetzten die Straße hinab.

„Rechts", kommandierte Lina. „Dann links."

Zwar schien der Mond noch immer hell, aber die Fassaden der Häuser warfen lange Schatten und tauchten die Gegend weitestgehend in Finsternis. Viele der Straßenlaternen waren durch randalierende Jugendliche zerstört worden und gaben nur noch unzureichend oder überhaupt kein Licht mehr. Bei jedem Papier und jeder Blechdose, die der Wind bewegte, zuckte Carolin zusammen. Es war kühl und sie hatte nur ein T-Shirt an. Schon bald bildete sich Gänsehaut auf ihren Armen. Zu allem Übel zog sich auch noch der Himmel mit Wolken zu und es begann zu nieseln.

„Weißt du eigentlich noch, wo wir sind?", erkundigte sich Carolin keuchend und strich sich mit dem Handrücken kalte Schweißperlen von der Stirn.

„Ich glaube schon“, keuchte Lina zurück. „Zumindest so ungefähr. Los, weiter!“

„Ich kann bald nicht mehr! Lauf nicht so schnell!“

Lina raste weiter. „Schlappmachen ist nicht! Erkennst du denn schon etwas wieder?“

„Vielleicht hier.“ Carolin deutete in eine Richtung und schien plötzlich zu erstarren. Das war die Straßenlaterne aus ihrer Vision. Sie erkannte eindeutig das leuchtend rote Graffitizeichen am Sockel wieder. Die Straße, in der die Laterne stand, war schmal mit heruntergekommenen Fassaden, einigen Lagerschuppen und eingeworfenen Fensterscheiben. „Das ist es!“

„Okay. Und wo ist Onkel Rocco?“

„Keine Ahnung. Vielleicht ist er ja auch gar nicht *heute* Nacht hier. Sternentänzer war nur so unruhig und da dachte ich …“

„Warte!“ Abrupt packte Lina sie am Arm. „Ich glaube, da hat sich etwas bewegt.“

„Wo denn?“ Carolins Stimme war nur noch ein Hauch.

„Dort in der Ecke.“

Furchtsam bohrte Carolin ihre Hand in den Arm ihrer Freundin. „Ich hab Schiss, Lina!“

„War vielleicht nur ’ne Ratte“, raunte ihr Lina zu, doch ihre zittrige Stimme verriet, dass sie mindestens ebenso viel Angst hatte wie Carolin.

„Wenn uns was passiert, findet uns hier keine Menschenseele!“ In Carolin kroch Panik hoch. *Ich wünschte, ich wäre zu Hause in meinem Zimmer und in meinem Bett,* dachte sie und drückte sich noch dichter an die Hauswand, an die Lina sie zurückgedrängt hatte. Ihre Zähne begannen zu klappern und sie tastete nach Linas Hand. „Was machen wir jetzt?"

Lina wollte gerade antworten, als plötzlich jemand aus dem Schutz der Mülltonnen hervorsprang und die Straße hinabrannte. In diesem Moment entdeckten sie auch Rocco nicht weit weg von dem Unbekannten.

Lina schrie. „Rocco, pass auf!"

Mit einem Ruck fuhr Rocco herum, während der Unbekannte irritiert abbremste. Er wirbelte zu den Mädchen herum, die sich jedoch hastig in einem der Hauseingänge in Sicherheit gebracht hatten. Er fluchte leise, als er sich plötzlich dem heranstürmenden Rocco gegenübersah, und ergriff kurzerhand die Flucht.

Carolin sank auf die Knie, während Lina zu ihrem Onkel rannte und direkt in seinen Armen landete. Rocco starrte sie sekundenlang an wie eine Erscheinung.

„Was, um alles in der Welt, machst du hier?" Er schob sie ein Stück von sich, um ihr ins Gesicht zu sehen.

„Caro ist auch da", entgegnete Lina ein wenig kleinlaut und sah sich Hilfe suchend nach ihrer Freundin um, die sich allmählich wieder aufrappelte.

„Lasst uns erst einmal von hier verschwinden", beschloss Rocco und zog Lina mit sich, als befürchte er, sie könne weglaufen.

Caro beeilte sich, sich den beiden anzuschließen. Sie war nass, sie fror – und sie wollte auf keinen Fall daran denken, was ihre Mutter von dieser Aktion eben halten würde, wenn sie etwas davon mitbekäme.

Wieder zurück im Haus holte Rocco ihnen allen erst einmal etwas zu trinken und ließ sich dann auf die zerschlissene Couch im Wohnzimmer sinken. „Okay, Mädels. Legt los. Was hattet ihr mitten in der Nacht in dieser verlassenen Gegend zu suchen? Wisst ihr denn nicht, wie gefährlich ein solcher Ausflug werden kann? Ihr solltet um diese Zeit schon längst im Bett liegen!"

„Äh …" Hilfesuchend blickte Lina zu Carolin, die nur ratlos die Schultern hob. „Also, Caro … bei Vollmond, weißt du, da kann sie hin und wieder … eigentlich fast immer nicht schlafen. Ja und … na ja, dann macht sie manchmal einen Spaziergang, stimmt's Caro?"

Carolin beeilte sich zu nicken. „Stimmt. Ganz genau."

Ungläubig hob Rocco eine Braue. „Okay, und wenn ihr genug davon habt, mir einen Bären aufzubinden, könntet ihr es ja mal mit der Wahrheit probieren."

Lina wuschelte sich durch ihren Schopf. „Na schön. Nenn es Eingebung oder sonst was. Ami sagt doch immer, dass man auf seine innere Stimme hören sollte. Und wir hatten plötzlich so eine Ahnung … Wir hatten Angst um dich, und als wir dich dann gefunden haben und der Typ auf dich zustürmte …" Sie schluckte und rang um Fassung bei der Vorstellung, sie wären auch nur einige Minuten später gekommen. Dann sah sie ihren Onkel abrupt an und musterte ihn. „Du kennst den Mann, stimmt's? Und es ist nicht Fabio."

Rocco nickte. „Fabio ist zur Zeit in Spanien, aber das ändert nichts daran, dass ihr nachts nicht mehr draußen herumschleichen sollt! Habt ihr das verstanden?"

Die Mädchen nickten.

„Ich will euer Wort darauf."

„Okay. Versprochen", entgegneten beide.

„Aber", begann Lina plötzlich, „warum hast du uns belogen? Wer ist der Kerl? Und woher kennst du so eine Type?"

Rocco stöhnte leise. „Ich war lange in der Weltgeschichte unterwegs, wie ihr wisst."

„Zuletzt in Australien", nickte Lina. Carolin erinnerte sich noch ganz deutlich an Linas glückliches Gesicht, als die Postkarte von ihrem Onkel angekommen war und musste lächeln.

„Coogee Beach, Sydney, genau. Tja, und wie es nun mal so ist ..." Rocco trank einen Schluck. „Man hat eben nicht überall nur Freunde."

„Und was heißt das?" Lina wollte es ganz genau wissen.

„Dass gelegentlich mal einer dabei ist, der eine Riesenwut auf dich hat ..."

„... und dir bis hierher nachreist, um dich umzubringen?"

„Nun übertreib mal nicht." Rocco grinste. „Wahrscheinlich wollte er mir nur einen Denkzettel verpassen."

„Aber warum hat der Typ so eine Wut auf dich? Was hast du ihm denn getan?"

„Ich war ganz einfach nur schneller als er." Rocco sah auf die Uhr. „Es ist halb drei. Allerhöchste Zu-Bett-geh-Zeit für zwei pubertierende Teenager."

Lina grinste breit. „Netter Versuch. Wobei warst du schneller?"

Rocco erhob sich und sah die Mädchen an. „Hört zu, ihr beiden. Es ist besser, wenn ihr über manche Dinge nichts wisst. Ich bin in den letzten Jahren nicht nur durch die Welt gezogen und habe mir die Sehenswürdigkeiten angeguckt, sondern hatte auch diverse Jobs. Der eine oder andere war nicht ganz ungefährlich. Dabei habe ich mir wohl ein paar Feinde geschaffen, die nicht bereit sind, so rasch zu vergessen. Mehr kann und werde ich euch nicht sagen, Mädels. Und jetzt ab mit euch in die Falle!"

Carolin und Lina starrten Onkel Rocco mit offenen Mündern an.

„Klingt richtig geheimnisvoll", meinte Carolin dann.

„Kannst du uns nicht mehr verraten?", bettelte Lina. „Wir verraten auch keinem Menschen etwas, stimmt's Caro?"

Carolin nickte. „Wir schweigen wie ein Grab!"

„Das glaub ich euch. Aber ich will euch nicht unnötig in Gefahr bringen. Es ist besser, wenn wir diese Nacht so schnell wie möglich vergessen, abgemacht?"

Lina umklammerte plötzlich den Arm ihres Onkels. „Du machst doch nichts Ungesetzliches, oder?"

„Nein, Lina. Keine Sorge." Onkel Rocco stand auf und ging zur Tür. „Ein bisschen gefährlich vielleicht, aber nicht illegal. Gute Nacht, Mädels! Ach, und vielen Dank für eure Rettungsaktion!" Er zwinkerte den beiden noch kurz zu, dann scheuchte er sie nach oben.

„Puh", stieß Carolin hervor und zog die Tür zu ihrem Zimmer hinter sich zu. „Was soll man jetzt davon halten? Warum ist dein Onkel damals eigentlich verschwunden? Ich weiß es gar nicht mehr."

„Es war wegen Stella, seiner damaligen Freundin. Sie wollte unbedingt auf die Tanzschule gehen, aber ihre Eltern wollten das nicht und deswegen hat sie geklaut. Der Verdacht fiel auf Onkel Rocco. Wäre die Wahrheit herausgekommen, hätten Stellas Eltern sie wohl fast totgeprügelt.

Also hielt Rocco den Kopf für sie hin. Danach haben alle ihm Vorwürfe gemacht, bis er schließlich verduftet ist."

„Ach ja." Carolin nagte an ihrer Unterlippe. „Meinst du, seine Schwierigkeiten haben was mit der Story damals zu tun?"

Lina zuckte mit den Schultern. „Nach so langer Zeit noch?"

„Jedenfalls ist dein Onkel ziemlich geheimnisvoll."

Lina faltete die Hände zu einer Pistole und pustete eine imaginäre Rauchfahne zur Seite. „Mein Name ist Rocco, *Onkel* Rocco!"

Carolin kicherte. „Und wo hat dein Onkel seine coolen Autos versteckt?"

Lina grinste. „Hm. Dann wohl doch eher Inspektor Colrocco. Fehlt nur noch der knautschige Trenchcoat."

Lachend ließen sie sich aufs Bett fallen und machten sich dann fertig für den kläglichen Rest der Nacht.

Die Entscheidung

Die Zeiger der Uhr waren noch nicht ganz auf die Sieben vorgerückt, als Ferdi wie wild an ihre Zimmertür klopfte. Rocco hatte ihn ins Haus gelassen.

„Ist der denn wahnsinnig?“, brummte Lina in das Kopfkissen und machte sich bereit, es zu werfen.

„Ich bin’s, Ferdi! Mach auf, Caro!“ Das Hämmern an der Tür ging weiter.

„Komm später wieder. Ich bin hundemüde!“ Sie krabbelte unter die Bettdecke.

Ferdi blieb unermüdlich. „Los, Caro. Ich hab Neuigkeiten.“

„Sag es mir später“, maulte Carolin.

„Kannst du den nicht abstellen?“, knurrte Lina genervt und knautschte das Kopfkissen zusammen.

„Es geht um Lindenhain. Es ist wichtig!“, rief Ferdi durch die Tür.

Lindenhain! Mit einem Schlag war Carolin hellwach. Sie sprang aus dem Bett, tapste barfuß zur Tür und riss sie auf. „Was ist mit Lindenhain?“

„Erzähl ich dir auf dem Weg. Allerdings …“, er musterte

sie von oben bis unten, „solltest du dich vorher noch umziehen."

„Oh. Stimmt." Carolin schoss zurück in das Zimmer, schlüpfte rasch in ihre Jeans und ein T-Shirt und fuhr einmal durch ihr Haar. Dann stand sie schon wieder bei Ferdi. „Wir können los!"

Ferdi warf ihr einen anerkennenden Blick zu. „Ganze drei Minuten! Meine Schwester braucht eine bis anderthalb Stunden. Je nachdem, ob sie ihr Haar in Löckchen legt und ihre Nägel mit neuem Lack beglückt oder nicht."

„Was ist mit Lindenhain? Sag schon!"

„Wir treffen meine Mutter zum Frühstück", erklärte Ferdi auf dem Weg zu der Konditorei, wo sie verabredet waren.

„Ja, und?"

„Ich hab noch mal mit ihr geredet. Wegen mir und Cinderella und dem Turnier. Ich konnte ihr klar machen, dass ich entsetzlich versagen werde, und dass das nicht so toll für den Namen Reifenbach wäre."

Carolin sah Ferdi dankbar an. „Das hast du echt getan?"

„Ist ja die Wahrheit. Jedenfalls hatte sie irgendwann doch noch ein Einsehen und ... na ja. Sie hat eingewilligt, mit dir noch einmal darüber zu sprechen."

„Über das Turnier?"

„Nee, über Seifenblasen. Natürlich über das Turnier! Ich hab ihr erzählt, du seist die beste Reiterin der Welt, was ja auch stimmt. – Finde ich zumindest. Und irgendwie würde es mit dir in der Familie bleiben, schließlich bist du ja Mitbesitzerin von Silberstern ..."

„Mann, Ferdi! Das würde ja bedeuten, dass es doch noch Hoffnung für Lindenhain gibt!“ Carolin konnte ihr Glück kaum fassen.

Die Konditorei war nicht einfach nur eine Konditorei, sondern ein so prunkvoller Glaspalast, wie ihn Carolin noch nie gesehen hatte. Kuchen und Gebäck lagen nicht einfach nur in der Vitrine, sondern thronten geradezu auf Porzellantellern mit dickem Goldrand. Auch waren die Kuchen und Torten alles andere als das, was sie in einer normalen Konditorei erwartet hätte. In den Auslagen türmten sich die exquisitesten Teile mit pompösen bis kitschigen Verzierungen neben Tabletts mit winzig kleinen, kunterbunten Minihäppchen.

„Mann, sieht das vornehm aus!“, stieß Carolin impulsiv hervor. „Als ob man da nur mit Abendkleid rein dürfte.“ Sie grinste, doch das Grinsen gefror ihr auf den Lippen. *Nein, bitte nicht,* dachte sie mit steigendem Entsetzen und tastete vorsichtig an ihrer Jeans entlang bis zu den hinteren Taschen. In diesem Moment wäre sie am liebsten im Erdboden versunken. In ihrer Hast hatte sie doch tatsächlich die Jeans erwischt, die bei ihrer Klettertour über den Zaun in den Reiterhof hinten komplett aufgerissen war. *Ferdis Mutter darf mich so nicht sehen!,* durchfuhr es sie. *Dann kann ich meine zweite Chance gleich vergessen.*

„Komm.“ Ferdi wollte vorgehen.

„Ich kann nicht“, stammelte Carolin und hielt ihn zurück.

„Caro, meine Mutter ist zwar manchmal ein bisschen

spießig, aber sie beißt nicht. Das kannst du mir glauben. Komm schon!"

„Es geht nicht, Ferdi!"

„Was ist denn los mit dir? Du siehst aus, als hättest du ein Gespenst gesehen?"

„Meine Hose."

„'ne Jeans, ja und? Okay. Es wäre vielleicht besser gewesen, du hättest dich in ein Rüschenkleid gehüllt und würdest Lackschuhe tragen, aber na ja …"

„Ferdi, meine Hose ist hinten komplett aufgerissen", brach es aus Carolin heraus.

„Sie ist was?", prustete Ferdi los.

„Verdammt, das ist nicht lustig."

„Okay." Ferdi versuchte mit Mühe sich zu beherrschen. „Zeig mal."

Carolin drehte sich um und Ferdi prustete erneut los. „Ist ja cool."

„Cool?" Carolin war den Tränen nahe und wollte weglaufen, doch Ferdi packte sie gerade noch rechtzeitig am Arm.

„Warte mal." Er zog seinen hellgelben Kaschmirpullover aus, wickelte ihn um Carolins Hüfte und knotete vorne die Ärmel zusammen. „So. Loch gestopft. Können wir jetzt endlich?"

Vorsichtig tastete Carolin nach hinten. Tatsächlich. Der Pullover verhüllte genau das klaffende Loch. „Danke, Ferdi", murmelte sie.

Er zwinkerte ihr zu. „Mach ich doch gern!"

Ferdis Mutter war schon da. Sie saß an einem Marmortisch in der Ecke und sah aus, als käme sie frisch aus einem Modesalon. Vor ihr stand ein edles Porzellanservice mit einer Kanne Tee und einem Tellerchen mit drei Kuchenstücken, so klein wie Espressotassen. Sie blickte ungeduldig auf die Uhr. „Ich dachte schon, ihr kommt nicht mehr", sagte sie streng zu Ferdi.

„Wir mussten unterwegs noch kurz was klären", entgegnete Ferdi und hielt Carolin den Stuhl hin. „Setz dich doch."

„Danke." Kaum hatte sich Carolin gesetzt, stand auch schon der Kellner neben ihnen.

„Guten Morgen, die Dame, der Herr. Sie wünschen zu frühstücken?"

„Äh ..."

Der Kellner bemerkte ihre Verlegenheit. „Wenn ich behilflich sein darf? Ich würde heute zu einer Auswahl Petits Fours raten. Sie sind besonders vorzüglich und angenehm leicht."

„Klingt gut." Carolin nickte scheu, obwohl sie keine Ahnung hatte, wovon der Mann sprach.

„Dazu Earl Grey, Chocolat chaud oder vielleicht einen Jus d'Orange?"

Carolin blickte Hilfe suchend zu Ferdi. „Für uns beide Chocolat chaud", griff er ein.

Nachdem der Kellner die Bestellung aufgenommen hatte, lehnte sich Ferdis Mutter zurück und musterte Carolin. „Ferdinand sagte, du seist eine ausgezeichnete Reiterin?"

„Ja, na ja", nickte Carolin. Aus irgendeinem Grund fühlte

sie sich in der Nähe dieser Frau immer wie ein hässliches Entlein aus einem Dorftümpel.

„Und du würdest dir zutrauen, an diesem Turnier teilzunehmen?"

„Schon, ja. Ich würde es zumindest gerne versuchen."

„Carolin ist klasse. Ich bin sicher, sie holt einen Preis, Mutter", warf Ferdi ein, während der Kellner heiße Schokolade in goldrandigen Tässchen servierte und einen Teller voll Minikuchen auf den Tisch stellte. *Das also sind diese Petits Fours*, überlegte Carolin. *Und dieses Chocolat chaud ist auch nichts weiter als Kakao. Kann man das nicht gleich sagen?* Sie dachte sehnsüchtig an die saftigen, marmeladengefüllten Berliner des Konditors bei Rocco um die Ecke.

Ferdis Mutter nippte mit ausgestrecktem kleinem Finger an ihrem Tee. „Nun gut. Talente soll man schließlich fördern."

„Prima." Ferdi biss zufrieden in ein Kuchenstück. „Dann ist ja alles klar."

Obwohl sich Carolin immer noch schrecklich unwohl fühlte, fiel ihr ein Stein vom Herzen. Lindenhain hatte wieder eine Chance. Sternentänzer würde sicher sein Bestes geben.

„Tja, dann", Frau Reifenbach erhob sich, „werde ich dich anstelle von Ferdinand anmelden. Ich rufe noch heute Mittag dort an. Jetzt muss ich aber los, denn ich habe noch einen Termin bei meinem Coiffeur."

Carolin strahlte Frau Reifenbach überglücklich an. „Vielen Dank, dass Sie mir diese Chance geben. Sternentänzer und ich, wir werden Sie nicht enttäuschen."

Frau Reifenbach blickte sie einen Moment lang irritiert an. „Wieso Sternentänzer? Cinderella wird an dem Turnier teilnehmen, das ist ja wohl klar. Sie soll sich als Turnierpferd einen Namen machen." Damit drehte sie sich um und verschwand.

Carolin sah ihr mit offenem Mund nach. „Aber …"

„Cool, oder?" Ferdi schlürfte zufrieden seine Schokolade. „Hier, probier dieses Teil. Das schmeckt echt lecker!" Er hielt ihr ein kleines Kuchenstück mit rosa Glasur hin.

Als Carolin nicht reagierte, biss er selbst in das Törtchen.

„Ferdi, warum denn mit Cinderella? Ich wollte doch auf Sternentänzer reiten!"

„Was macht das denn für einen Unterschied?", kaute er zufrieden.

„Einen großen! Einen riesengroßen! Sternentänzer ist nun mal einfach besser als Cinderella. Außerdem bin ich gewohnt auf ihm zu reiten. Ich saß noch nicht einmal auf Cinderellas Rücken. Sternentänzer kann ich einschätzen und die richtigen Hilfestellungen geben …" Sie brach ab und hob hilflos die Hände.

„Komm schon. Cinderella ist auch nicht gerade ein Ackergaul", versuchte Ferdi sie zu trösten. „Bestimmt schaffst du's auch mit ihr! Wenn du ein Pferd reiten kannst, dann kannst du's auch mit einem anderen."

Carolin sah ihn an und schüttelte den Kopf. „Mann, Ferdi! Du hast keine Ahnung."

Ferdi zuckte mit den Achseln. „Tja. Ich schätze, auf Sternentänzer wird sich meine Mutter nicht einlassen. Entweder du reitest mit Cinderella oder sie meldet dich erst gar nicht an. Eine große Wahl hast du wohl nicht."

Carolin biss in ein Törtchen, das zuckersüß war, pappig und in den Zähnen hängen blieb. *Er hat Recht,* dachte Carolin. *Ich habe keine andere Wahl.*

„Wo bist du denn so früh mit Ferdi hin verschwunden?“, empfing Lina sie neugierig an der Tür. „Und was trägst du da für einen schicken Umhang über deinen Jeans?“

Carolin ließ sich auf einen der klapprigen Küchenstühle fallen. „Es gibt eine gute und eine schlechte Nachricht.“

„Lass hören.“

„Ich kann an dem Turnier teilnehmen. Ferdis Mutter arrangiert alles ...“

„Supersupersuper“, kreischte Lina.

„... aber leider nicht mit Sternentänzer, sondern mit Cinderella.“

„Oh“, machte Lina und schnaufte tief.

„Genau. Oh.“

„Es ist wenigstens eine Chance“, meinte Lina dann.

„Eine kleine.“

„Aber besser als gar keine!“

„Verdammt!“ Carolin schlug vor Ärger mit der Faust auf den Küchentisch. „Wenn ich auf Sternentänzer reiten könnte, könnte ich es schaffen. Das weiß ich ganz genau. Aber auf Cinderella ...“

„Hey.“ Lina legte den Arm um ihre Freundin. „Wie viele Tage sind es noch bis zu diesem Turnier?“

„Eine knappe Woche.“

„Und worauf warten wir noch?“

Carolin sah ihre Freundin fragend an. „Was meinst du?"

„Wir gehen jetzt sofort zum Reiterhof und trainieren. Du auf Cinderella und ich, zum Antreiben sozusagen, auf Sternentänzer. Beim Distanzreiten geht es um Schnelligkeit. Wenn Sternentänzer vor ihr reitet, legt Cinderella vielleicht noch einen Zahn zu."

Traurig sah Carolin ihre Freundin an. „Mein erstes Turnier. Ich hätte so gerne mit Sternentänzer daran teilgenommen."

Am Tag vor dem Turnier war Carolin so aufgeregt, dass sie keinen Bissen hinunterbrachte.

Auch Lina lief nur mit hektischen roten Flecken im Gesicht auf und ab. Schon am frühen Morgen waren sie zum Reiterhof gefahren, um noch einmal ein Abschlusstraining zu absolvieren. Dann brachten sie die Pferde wieder in die Boxen. Carolin hockte sich auf einen Stapel Stroh und kaute an ihrer Unterlippe. „Was, wenn ich total versage, Lina?"

„Du schaffst das, da bin ich sicher", versuchte Lina ihre Freundin zu beruhigen.

„Und wenn nicht? Es ist die allerletzte Chance für Lindenhain."

„Hi Mädels." Ferdi stiefelte mit einem riesigen Koffer herein.

„Was hast du denn da drin?", wunderte sich Carolin.

„Alles, was nützlich ist." Ferdi zog einen Zettel aus seiner Hosentasche und las vor: „Satteldecke, Halfter, zwei Stricke, Putzzeug, Schweißmesser, Eimer, Abschwitzdecke, Regendecke, Nagel-Nachziehzange, Führstrick, Longe, Zinkpaste, Erste-Hilfe-Set für Pferd und Reiter, Transportgamaschen und Bandagen, Lederriemen für den Sattel, Regenjacke, Reitkappe, Reitstiefeletten, Bauchjacke für Getränke, Taschenlampe, zwei Schlafsäcke, Fotoapparat, Uhr, Stift, Taschenmesser, Sonnencreme, Straßenkarte …"

Carolin musste lachen. „Ferdi, du bist echt durchgeknallt."

„Weiterhin zwei Portionen Hafer, ein paar Leckerlis, zwei Säcke Heu, einen Sack Stroh für einen Paddock, diverse Getränke, ein paar Schokoriegel, Pfefferminzdrops und eine Packung Traubenzucker. Die Aktion ‚Rettet Lindenhain' kann also starten!"

Carolin und Lina bogen sich inzwischen vor Lachen. Ferdi sah zu komisch aus, während er da saß und seine Liste zitierte.

„Wir fahren zu einem Turnier und machen keine Weltumseglung", kicherte Lina.

„Ich weiß gar nicht, was daran so witzig sein soll", empörte er sich gespielt. „Ich habe mich ganz genau informiert, welche Ausrüstung für ein Distanzreiten notwendig ist."

Carolin sah ihn an und versuchte sich an einem ernsten Gesichtsausdruck. „Das Wichtigste, mein lieber Herr Reifenbach, haben Sie vergessen."

„Kann gar nicht sein. Ich hab mich bei einem echten Profi informiert. Was soll das denn sein?"

„Pferd und Reiter", prustete Carolin los.

„Haha", grinste Ferdi und drehte sich um, als hinter ihm Schritte zu hören waren. Dort kam eine hübsche junge

Frau mit kurzen dunklen Haaren im Trainingsanzug und mit einem großen Metallkoffer die Stallgasse entlang. „Das ist Dagmar, unsere Visagistin“, stellte Ferdi sie vor.

„Hallo Mädels.“

Carolin sah Ferdi erstaunt an. „Unsere was?“

„Visagistin. Sie wird sich um Cinderella kümmern.“

Carolin verstand kein Wort. „Wie meinst du das?“

„Sie wird Cinderella richtig hübsch machen. Wenn sie schon ihren großen Auftritt hat, dann soll sie doch auch so gut wie möglich aussehen, oder?“

„Etwas Lidschatten, am besten in Flieder, würde ihr bestimmt stehen“, kicherte Lina. „Und Lippenstift, am besten in hellem Orange. Und Rouge, das wirkt frischer.“ Lina konnte sich kaum noch halten.

„Du hast eine totale Meise, Ferdi“, bemerkte Carolin lachend.

Dagmar stellte ihren Metallkoffer ab. „Das klingt vielleicht alles ziemlich witzig, ist es aber gar nicht. Lasst mich mal machen.“ Sie ging um Cinderella herum. „Cinderella ist ein sehr schönes, gepflegtes Pferd.“ Sie nickte anerkennend. „Das macht die Arbeit natürlich einfacher.“ Sie zog aus ihrem Metallkoffer ein Messer und brachte damit erst einmal die Unterkante der Mähne harmonisch mit der Form des Halses auf eine Linie. Dann drehte sie sich zu Ferdi um. „Lieber Zöpfchen oder Zopfknoten?“

Ferdi sah von Carolin zu Lina, die auf einem Strohballen hockten und Dagmar neugierig bei ihrer Arbeit zusahen. „Was meint ihr?“

„Ich habe zwar keine Ahnung, worum es geht, aber ich wäre für Zopfknoten“, entschied Carolin.

Dagmar zog einen Mähnenkamm und Gummibänder aus ihrem Koffer. Dann begann sie vorne am Kopf und nahm eine kleine Strähne in die Hand. Diese kämmte sie schön glatt und flocht einen kleinen Zopf. Um den Zopf schlang sie unten einmal das Gummiband. Dann legte sie das Zopfende in eine Schlaufe an den Zopfanfang, schlang das Gummiband zweimal herum und fertig war der Zopfknoten. Auf diese Weise folgte Strähne für Strähne, bis die ganze Mähne lauter kleine Zopfknötchen hatte.

„Toll", staunte Carolin. „Sieht klasse aus und geht ja ganz einfach!"

„Es gibt jede Menge Möglichkeiten, dein Pferd hübsch zu machen", erklärte Dagmar. „Wir laufen ja schließlich auch nicht jeden Tag mit der gleichen Frisur herum."

Dann nahm sich Dagmar den Schweif vor. Sie schnitt ihn erst einmal kurz über dem Fesselgelenk ab. Anschließend nahm sie ganz oben an der Schweifrübe von rechts und links ein paar Haare und flocht sie zusammen, indem sie immer wieder von beiden Seiten Strähnen dazunahm. So entstand über der Schweifrübe ein feines, geflochtenes Muster.

„Gewöhnlich fette ich auch noch die Hufe ein, damit sie richtig schön glänzen, aber ich denke bei einem Distanzritt macht das nicht so viel Sinn." Zufrieden begutachtete Dagmar ihr Werk.

„Wahnsinn!", staunte Carolin. „Cinderella sieht aus wie ein Filmstar!"

Dagmar packte ihre Utensilien wieder in den Metallkoffer. „Das ist noch gar nichts. Ihr glaubt nicht, wie die Pferde bei großen Schauveranstaltungen hergerichtet werden.

Da werden die Nüstern mit Öl eingeschmiert, die Härchen aus den Ohren rasiert oder sogar die Augen mit Kajal geschminkt, damit sie größer und feuriger wirken."

„Unglaublich." Carolin hörte mit offenem Mund zu, während Lina nur abwinkte. Ihr gefielen die Pferde mit ihrem natürlichen Aussehen noch immer am besten.

Das Turnier

Es war stockfinster und regnete in Strömen, als Carolin Lina am nächsten Morgen aus dem Bett warf. Sie hatte in der Nacht kaum ein Auge zugemacht. Stattdessen hatte sie immer wieder an ihre Vision von Lindenhain denken müssen. Lindenhain als Sporthotel, Gunnar völlig gebrochen und Vicky, die ihn verlässt … All dies hatte ihre Angst vor dem Turnier derart gesteigert, dass sie am liebsten fortgelaufen wäre.

„Müssen wir wirklich schon aufstehen?", murmelte Lina schlaftrunken. „Es ist ja noch dunkel."

„In einer halben Stunde steht Ferdi mit dem Transporter vor unserer Tür."

Lina wühlte sich aus der Decke und suchte ihre Klamotten zusammen. „Früh aufstehen", brummelte sie, „und das in den Ferien …"

„Es ist immerhin für Lindenhain."

Lina wollte gerade etwas erwidern, da klopfte es an der Tür. Es war Onkel Rocco.

„Guten Morgen, Mädels. Ich dachte, eine kleine Stärkung am frühen Morgen könnte nicht schaden."

Die beiden staunten nicht schlecht. Irgendwie war es Rocco gelungen, um fünf Uhr in der Frühe Brötchen und Croissants herbeizuschaffen.

„Wahnsinn!", stieß Lina hervor und stürzte sich auf ein noch dampfendes Croissant.

Sie waren noch am Kauen, als sie bereits das Geräusch des Transporters vor der Tür hörten.

„Das ist wohl unser Taxi", bemerkte Carolin und sprang vom Stuhl auf, um zur Tür zu laufen.

„Morgen Ferdi, Morgen Tim", begrüßte sie die beiden.

„Wollt ihr auch noch ein Brötchen?", ließ Lina von hinten verlauten.

„Wir müssen los." Ferdi klopfte auf seine Uhr am Handgelenk. „Wir haben Cinderella und Sternentänzer schon abgeholt." Ferdi grinste, als er Carolins überraschten Gesichtsausdruck bemerkte. „Cinderella schien zu ahnen, worum es geht, und wollte sich auf keinen Fall von Sternentänzer trennen. Also haben wir ihn auch eingepackt. Um neun soll es offiziell losgehen und Cinderella muss noch zur Voruntersuchung."

„Wieso? Ist sie krank?"

Ferdi lachte auf. „Ne. Das gehört zum Turnier. Die wollen ganz sicher gehen, dass alle Pferde am Start auch wirklich gesund sind. Du wirst sehen, die achten sehr genau auf das Wohlergehen der Tiere. Deshalb gibt es auch immer wieder Kontrollposten, die ihr passieren müsst. Die sogenannten Vet-Checks. Dort wird überprüft, ob die Pulswerte deines Pferdes nicht über 64 liegen. Ansonsten wird dir eine Zwangspause verordnet. Am Ende des Rennens gibt es dann auch noch eine Abschlussuntersuchung. Vorher hast du aber noch zwei Stunden Zeit, um dein Pferd wieder auf Vordermann zu bringen."

„Aha. Du musst es ja wissen."

„Stimmt. Ich habe mich genauestens informiert."

Carolin rutschte auf den Rücksitz des Autos. „Hoffentlich hört es bis dahin auf zu regnen." Sie beobachtete die Regentropfen, die von der Fensterscheibe kullerten und stöhnte plötzlich. „Das schaffe ich nie."

Lina rutschte neben sie und knuffte ihre Freundin in die Seite. „Red keinen Unsinn! Klar schaffst du das. Du musst nur daran glauben!"

„So, Ladys, alles aussteigen!" Ferdis Fahrer Tim öffnete die Tür und ließ die beiden Mädchen hinaus. Zum Glück hatte es inzwischen aufgehört zu regnen, aber der Boden war von zahlreichen Stiefeln und Hufen zerwühlt und rutschig. Carolin und Lina sahen sich um. In den abgezäunten Paddocks warteten schon Pferde verschiedenster Rassen. Die Wiese hinter dem Hauptgebäude war voller Zelte.

„Dort drüben ist die Meldestelle. Dort sollten wir zuerst hin." Ferdi deutete auf einen kleinen, überdachten Stand, über dem ein großes Schild mit der Aufschrift *Anmeldung* hing.

Unterdessen hatte Tim schon den Anhänger geöffnet und führte Cinderella am Führseil hinaus. Plötzlich kam jedoch Unruhe bei den Paddocks auf. Offenbar war einer der Hengste ausgebrochen und suchte nun Streit mit einem Konkurrenten. Schrilles Wiehern hallte über den Platz und übertönte das geschäftige Treiben, das sonst noch herrschte. Menschen eilten zusammen, um den Besitzern der beiden Streithähne dabei zu helfen, ihre Tiere unter Kontrolle zu bringen und zu beruhigen. Plötzlich rutschte jedoch einer derjenigen, dic zum Paddock hatten laufen wollen, unmittelbar neben Cinderella aus und klatschte gegen ihre Beine. Cinderella strauchelte und kämpfte um ihr Gleichgewicht, doch ihr rechter Fuß rutschte weg. Tim gelang es gerade noch, sie auf den Beinen zu halten, doch Cinderella zitterte am ganzen Leib. Caro, Lina und Ferdi kamen rasch herbeigelaufen.

„Schscht, Cinderella." Caro übernahm die Zügel und liebkoste den Kopf der Stute, um sie zu beruhigen. „Ganz ruhig, meine Schöne."

„Ist ihr was passiert?", fragte Lina, die ganz bleich vor Schreck war.

Carolin strich der Stute über die Nüstern und redete beruhigend auf sie ein, bis sie sich zögerlich wieder in Bewegung setzte.

„Caro?" Linas Stimme klang beunruhigt.

„Ja?"

„Ich glaube, Cinderella hinkt."

Carolin schoss herum. „Was?"

„Cinderella hinkt. Sie zieht das rechte Bein ein wenig nach."

„Oh nein, nein, nein! Damit ist sie im Matsch umgeknickt." Carolin stand da, ließ die Arme sinken und nagte an ihrer Unterlippe. Ihr Blick richtete sich zum Himmel, der aufzuklaren begann. „So kann sie an keinem Turnier teilnehmen."

Tim trat neben sie und überprüfte fachmännisch Cinderellas Bein. Dann runzelte er besorgt die Stirn. „Ihr solltet sie auf jeden Fall sofort zum Tierarzt bringen."

„Ist nicht nötig", hörten sie eine Stimme hinter ihnen. „Der ist schon da. Dr. Horstmann", stellte sich der Mann vor und gab ihnen knapp die Hand. Hinter ihm tauchte nun derjenige auf, der den Unfall verursacht hatte. Er war noch recht jung. Nicht ganz 18 Jahre, schätzte Carolin. Seine kurzen schwarzen Haare sahen durch den Helm ein wenig plattgedrückt aus und eine braune Schlammspur zog sich seine rechte Seite hinauf bis zum Ellenbogen.

„Ich dachte, es sei das Geringste, das ich tun kann", bemerkte er verlegen. „Mein Name ist übrigens Hendrik."

Die Verletzung war nicht schlimm, doch Dr. Horstmann verbot ganz energisch eine Teilnahme an dem Turnier. Carolin brachte Cinderella in eine der leerstehenden Boxen. „Das war es dann wohl", seufzte sie mit einem Mal erschöpft.

„Vielleicht noch nicht." Lina kam mit Ferdi im Schlepptau angestiefelt und legte einen Arm um sie.

Unterdessen drückte sich Ferdi nervös sein Handy ans Ohr. „Es ist zwecklos. Ich erreiche sie nicht."

„Wen?", wollte Carolin wissen.

„Meine Mutter. Sie könnte die Pferde noch immer ummelden."

„Kannst du das nicht auch? Ich dachte, du bist der Besitzer von Cinderella."

Ferdi ließ das Handy sinken. „Meine Mutter hat zwar die Anmeldung unterschrieben, aber … Einen Versuch wäre es auf jeden Fall wert. Komm mit, Caro."

Sie eilten zu der Meldestelle, wo ein bärtiger, bebrillter Mann saß, auf dessen Namensschild *Jens Bruno* zu lesen war.

„Guten Morgen", begrüßte Carolin ihn. „Ich bin Carolin Baumgarten."

„Ferdinand Reifenbach", schloss sich Ferdi ihrem Gruß an und nickte dem Mann zu.

Dieser musterte sie beide abschätzend und studierte dann seine Liste. „Ah ja. Carolin Baumgarten auf Cinderella, da haben wir euch ja. Angemeldet von Frau Reifenbach. Alles klar. Dann geht doch am besten gleich zu Dr. Horstmann zum Durchchecken."

Carolin räusperte sich. „Da gibt es ein Problem."

„Und welches?" Herr Bruno blickte sie durch die Gläser seiner Brille abwartend an.

„Cinderella hat sich eben auf dem Platz draußen verletzt", erklärte nun Ferdi, „und kann deshalb nicht antreten ..."

„Aber wir haben noch ein Pferd dabei", beeilte Carolin sich zu sagen. „Ebenfalls einen Araber namens Sternentänzer. Bitte lassen Sie mich auf ihm reiten, bitte! Es geht um Leben und Tod."

„Leben und Tod?" Herrn Brunos Augen begannen amüsiert zu funkeln. „Das klingt ja richtig ernst."

„Ist es auch", bestätigte Carolin hastig.

„Es geht um einen guten Zweck", bestätigte Ferdinand da auch schon.

„Na, dann werde ich euch mal nicht im Wege stehen." Herr Bruno grinste amüsiert. „Für einen guten Zweck kann auch ich mal ein Auge zudrücken. Wie war noch einmal der Name des Pferdes?"

Carolins Herz machte einen Sprung vor Freude. „Sternentänzer, es heißt Sternentänzer."

„Nun gut." Herr Bruno strich den Namen Cinderella durch und ersetzte ihn durch Sternentänzer. Dann händigte er ihr eine Karte von der Strecke und die Checkkarte aus, auf der alle Werte des Pferdes wie Puls, Atmung und sonstige Besonderheiten eingetragen werden konnten. „Behalte diese Karte immer bei dir. Du wirst sie bei den Vet-Checks auf der Strecke brauchen. Solltest du sie verlieren, scheidest du automatisch aus."

Carolin nickte gewissenhaft. „Mache ich, danke. Vielen, vielen Dank!"

Jens Bruno schielte über seine Brillengläser. „Aber nicht, dass du noch ein drittes Pferd aus dem Hut zauberst!"

„Oh nein", grinste Carolin. „Großes Indianerehrenwort!" Mit einem entschuldigenden Blick zu Ferdi, rannte sie eilig über den matschigen Boden zu Sternentänzers Box. Sie konnte ihr Glück kaum fassen. *Ich darf auf Sternentänzer reiten! Mein erstes Turnier mit meinem Pferd.* Sternentänzer wieherte ihr schon mit gespitzten Ohren entgegen.

„Wir dürfen reiten, Sternentänzer. Wir zwei. Wir schaffen das. Zusammen retten wir Lindenhain. – Irgendwie", fügte sie nach einer Weile noch hinzu.

Lina kam atemlos nachgelaufen. „Heißt das, es hat geklappt?"

Carolin fasste Lina um die Taille und hüpfte mit ihr im Kreis herum. „Jajaja!"

Lina lächelte verschmitzt. „Schade, dass wir Cinderella jetzt ganz umsonst so schick gemacht haben! Wir hätten Sternentänzer auch zur Visagistin bringen sollen!"

„Lina, wir beide starten! Sternentänzer und ich. Mit ihm hab ich eine Chance, das fühl ich genau."

„Naja." Lina wurde plötzlich ernst. „Hast du dir deine Konkurrenz schon angesehen? Die sehen aus, als würden sie nichts anderes tun als auf Turnieren zu starten und du bist noch nicht mal beim Volksfest geritten."

„Mach mir doch Mut", brummte Carolin und streichelte ihr Pferd. „Zuerst mal muss ich Sternentänzer zum Durchchecken bringen!"

Dr. Horstmann staunte nicht schlecht, als Carolin mit Sternentänzer ankam. „Donnerwetter. Noch ein Araber? Allerdings freut es mich, dass Sie nun doch noch am Turnier teilnehmen können, Fräulein Baumgarten. Ein Pferd schöner als das andere. Respekt." Er pfiff schmunzelnd durch die Zähne. Dann maß er Puls und Atmung, überprüfte die Schleimhäute, tastete Beine und Rücken ab und trug seine Werte in die Checkkarte ein. Anschließend ließ er Sternentänzer kurz antraben. Schließlich sah er Carolin an, hob den Daumen und trug etwas in seine Karte ein.

Sternentänzer ist dabei, sollte das heißen.

Unmittelbar im Anschluss an die Untersuchung kamen die Reiter auch schon zur Lagebesprechung zusammen. Dort sah sie auch Hendrik wieder. Er winkte ihr zu und stellte sich neben sie.

„Hallo Carolin. Freut mich, dass du doch noch teilnehmen kannst. Wenn ich dir sonst noch irgendwie helfen kann …?"

„Danke." Carolin musste lächeln. „Es ist mein erstes Turnier."

„Ehrlich? Und dann gleich so ein Unfall. Jetzt hab ich ein doppelt schlechtes Gewissen. Ich hätte nicht so schnell laufen dürfen …"

„Es war ein Unfall", beschwichtigte Carolin.

„Halte dich am besten dicht bei mir. Dann kann ich dir helfen, wenn es mal ein bisschen brenzlig wird. Du wirst bald merken, dass beim Distanzreiten die Konkurrenz nicht so groß ist wie bei anderen Sportarten. Wir sehen uns lieber als große Familie an, die zusammenhält, wenn es mal eng wird."

„Cool." Carolin nickte und richtete dann ihre Aufmerksamkeit nach vorne, wo einer der Veranstalter noch rasch einige Tipps und Infos über die Strecke und ihre Besonderheiten verlauten ließ.

Mit weichen Knien schwang Carolin sich in den Sattel. Kaum saß sie jedoch auf Sternentänzers Rücken, war die Nervosität wie weggeblasen. Sie fühlte sich warm, ruhig und sicher. Zusammen mit dreißig anderen Teilnehmern standen sie am Start. Hendrik brachte sein Pferd neben sie. Es war ein brauner Holsteiner. „Lass dich nicht davon beeindrucken, dass manche gleich lospreschen. Am Anfang ist es besser, die ganze Sache ruhig anzugehen, um dein Pferd sein eigenes Tempo finden zu lassen", riet er ihr. „Die ersten Kilometer dienen immer dazu, sich einzulaufen und herauszufinden, ob dein Pferd gut drauf ist oder nicht." Er wollte noch etwas hinzufügen, doch da wurde bereits das Startzeichen gegeben.

Wie Hendrik gesagt hatte, preschten einige, die ihre Pferde vorher schon aufgewärmt hatten, gleich los. Carolin musste Sternentänzer zurückhalten, doch schließlich blieb er brav neben Merlin, Hendriks Pferd.

Es dauerte eine Weile, bis Carolin ein Gefühl für die Strecke bekam, aber als Merlin das Tempo anzog, war auch Sternentänzer freudig dabei. Die Pferde hatten schnell ihre Geschwindigkeit gefunden und Sternentänzer lief leicht wie eine Feder. Irgendwann hielt Hendrik seinen Wallach jedoch zurück und ließ Sternentänzer an Vorsprung gewinnen.

„Ist alles in Ordnung?“, erkundigte Carolin sich über ihre Schulter hinweg.

„Ja, ja. Dein Sternentänzer ist nur ein bisschen zu flink für uns“, grinste er ihr zu. „Wir sehen uns beim Vet-Check. Oder im Ziel.“ Er winkte ihr noch zu und blieb dann hinter ein paar Bäumen zurück.

Carolin bedauerte es ein wenig, ihre Begleitung zu verlieren, aber der Ritt war so herrlich, dass sie bald nicht mehr daran dachte. Inzwischen war die Sonne hervorgebrochen und begann den aufgeweichten Erdboden zu trocknen. Kalkpunkte wiesen den Weg über eine herrlich abwechslungsreiche Strecke. Sie führte über Bäche, durch kleine Wäldchen und über verschiedene Weiden. Plötzlich stand sie jedoch mit zwei weiteren Reitern vor einem recht steil aussehenden Abhang. Sie alle glitten aus dem Sattel, um den Pferden den Abstieg zu erleichtern. Trotzdem war Carolin ein wenig unsicher. Es genügte, dass Cinderella sich heute verletzt hatte.

„Folge den Huftritten meines Pferdes“, rief ihr eine der beiden Frauen zu, die den Abstieg gerade hinter sich gebracht hatte. „Die Strecke ist sicher.“

Dankbar hob Carolin die Hand und lenkte Sternentänzer in die leicht aufgewühlte Spur. Erleichtert atmete sie auf, als sie sicher unten ankam und machte sich dann an die Verfolgung der beiden Frauen.

Sie war nervös, als sie wenige Minuten nach den beiden den ersten Vet-Check erreichte. Allerdings war ihre Sorge völlig unbegründet. Sternentänzer war in Topform. Sein Puls lag weit unter 64 Schlägen pro Minute und nachdem Carolin ihn getränkt hatte, durfte er sofort weiterreiten.

„Was passiert eigentlich, wenn das Pferd mehr Schläge hat?“, erkundigte sie sich bei einem Turnierteilnehmer, der mit ihr den Check passiert hatte.

„Du musst das Pferd grasen lassen oder mit Wasser kühlen. 20 Minuten hast du Zeit, um auf 64 zu kommen“, erklärte er freundlich.

„Wenn das nicht klappt?“

„Dann ist das Rennen gelaufen“, sagte er und trieb sein Pferd an Sternentänzer vorbei.

Augenblicklich wollte Sternentänzer folgen und Carolin gönnte ihm das bisschen Spaß, da es nun über freies Feld ging.

Plötzlich schoss jedoch wie aus dem Nichts ein zotteliger dunkelbrauner Hund aus dem Gras und jagte direkt auf sie zu. Der Mann vor ihr rief noch eine Warnung, als sein Pferd sich auch schon erschrocken aufbäumte und auskeilte. Carolin konnte Sternentänzer gerade noch in Sicherheit bringen, doch auch er hatte sich erschrocken und warf nervös seinen Kopf zurück. „Ruhig, Sternentänzer“, murmelte Carolin. „Du kennst doch Hunde.“

In diesem Moment wurden dem Hund die wirbelnden Hufe des auskeilenden Pferdes jedoch zu gefährlich und er stürzte sich auf Sternentänzer. Wild kläffend hopste er um seine Beine und versuchte immer wieder nach den Zügeln zu schnappen.

„Verschwinde!“, schimpfte Carolin mit dem Hund und hatte Mühe im Sattel zu bleiben, da nun auch Sternentänzer ein wenig bockte. „Geh weg!“

Der Hund verharrte für einen Augenblick und starrte sie aus großen glänzenden Augen an. Erneut wies Carolin in die Richtung, aus der er gekommen war. „Geh, such dein Herrchen.“

Wieder begann der Hund zu bellen und ließ das Pferd des Reiters vor ihr Kapriolen schlagen. Jetzt hatte Sternentänzer sich so weit gefasst, dass er versuchte, den Hund abzudrängen. Er trieb ihn ein Stück auf die Wiese zurück, bis von einem nahe gelegenen Gehöft plötzlich ein schriller Pfiff zu hören war und der Hund hastig davonstob.

Erst jetzt gelang es dem Reiter vor Carolin wieder, sein Pferd unter Kontrolle zu bringen.

„Alles in Ordnung?“, erkundigte Carolin sich besorgt.

„Ja, danke.“ Der Reiter nickte erleichtert und ließ sein Reittier ein paar Schritte machen, während er ihm sanft über den Hals streichelte. „Du hast ein tolles Pferd.“

Carolin platzte fast vor Stolz und brachte lediglich ein Nicken zustande.

Inzwischen kamen noch ein paar andere Reiter hinzu und für kurze Zeit waren sie eine nette Vierergruppe, ehe sich das Feld langsam wieder in die Länge zog. Sternentänzer erwies sich dabei als wahres Energiebündel. Als sie gegen Mittag die Ziellinie bereits sehen konnten, gab er noch einmal richtig Gas und stob an einer weiteren Teilnehmerin vorbei.

Carolin wurde mit lautem Jubel empfangen.

Lina wartete aufgeregt an der Zielgeraden, während Dr. Horstmann den Puls von Sternentänzer maß.

„Habe ich gewonnen?", wandte Carolin sich an Lina und sah sich überrascht nach den jubelnden Menschen um, die nun aber die Frau, die nach ihr durch das Ziel ritt, mit ebensolcher Freude empfingen.

„Nicht ganz." Lina grinste. „Ich glaube, ein paar waren vor dir. Die empfangen hier jeden, als sei er der absolute Held des Tages. Aber ihr wart absolut klasse!"

Carolin wischte sich den Schweiß von der Stirn und atmete kräftig durch. Ihre Hände zitterten noch ein wenig vor Anspannung und sie schüttelte sie, um sie wieder zu entkrampfen. „Mann, Lina, war das krass! Als plötzlich mitten auf der Strecke dieser Hund auftauchte und das Pferd vor mir ausschlug ... Ich dachte echt, es wäre vorbei. Aber dann ... Sternentänzer war so genial! Es ist ein irres Gefühl, wenn du ins Ziel reitest und dir jubeln alle zu. Es ist wie ... wie ... keine Ahnung. Einfach unbeschreiblich!" Sie glitt aus dem Sattel, hielt sich aber noch kurz daran fest, ehe sie Sternentänzer zum Abkühlen hin und herführte.

Zehn Minuten später musste sie zu einer erneuten Puls-Kontrolle antreten. Dann gab es eine kleine Pause für Pferd und Reiter. Die nächste Nachuntersuchung würde erst in zwei Stunden sein. Carolin machte sich daran, Sternentänzer trocken zu reiben, zu putzen und seine Hufe auszukratzen. Dann brachte sie ihn in seine Box neben Cinderella, die ihn bereits sehnsüchtig erwartete.

Lina lehnte sich an die Wand und sah den Pferden zu.

„Was meinst du, welchen Platz wir gemacht haben?", erkundigte sich Carolin.

Lina zuckte mit den Schultern. „Keine Ahnung. Ferdi und ich waren gerade am Getränkestand, als die ersten ankamen, aber ich schätze, ihr wart ziemlich gut."

„Wo steckt Ferdi eigentlich?" Carolin gab Sternentänzer zu saufen und Mash zu fressen. Mehr wollte sie ihm nicht geben, da sein Organismus noch auf Laufen eingestellt war und Magen und Darm auf Sparflamme arbeiteten.

„Vorhin stand er in einer fast endlosen Schlange vor der Toilette. Das kann noch ein bisschen dauern."

Carolin lachte. „Es hat riesigen Spaß gemacht", berichtete sie und strahlte über das ganze Gesicht. „Wenn uns dieser dämliche Hund nicht dazwischen gekommen wäre …"

„Ihr wart trotzdem super schnell", tröstete sie Lina. Sie kramte einen Schokoriegel aus Ferdis Vorratstasche und hielt ihn Carolin hin. „Hier, iss den mal, du siehst schon ein bisschen blass aus um die Ohren. Nicht, dass du vor Aufregung umkippst!"

Erst jetzt merkte Carolin, dass ihr Magen sich recht flau anfühlte. Rasch packte sie den Schokoriegel aus und biss hinein. „Danke!", schmatzte sie.

„Ha! Wusste ich doch, dass ihr noch von meinem Vorratskoffer profitieren würdet“, grinste Ferdi, als er an Sternentänzers Box trat und Carolin an dem Riegel kauen sah. In der Hand hielt er drei Brötchen mit Würstchen. „Aber ich dachte, etwas Warmes könnte auch nicht schaden. Habt ihr Lust?“

Carolins Augen glänzten bei dem Anblick des Würstchens und sie biss aus vollem Herzen hinein.

„Oh. Es ist gleich so weit.“ Lina blinzelte auf die große Uhr im Stall. „Sternentänzer muss zur Nachuntersuchung. Wozu soll das eigentlich gut sein?“

„Keine Ahnung, gehört aber wohl zu den Regeln beim Distanzreiten.“

„Du bist erst in der Wertung, wenn auch bei der Nachuntersuchung alles in Ordnung ist“, erklärte Ferdi, während Carolin ihr Pferd wieder aus der Box führte.

Dr. Horstmann untersuchte Sternentänzer noch einmal gründlich und ließ ihn dann vortraben. Mit gespitzten Ohren lief der Hengst neben Carolin und wirkte so unternehmungslustig, als wolle er noch mal starten.

Auf einmal applaudierte jemand neben Carolin. Es war ein älterer Herr mit dunklem, von feinen grauen Strähnen durchzogenem Haar. Er trug einen Anzug, bei dem man auf den ersten Blick erkennen konnte, dass er maßgeschneidert war, und auf Hochglanz polierte, dunkle Lederschuhe. Er war braungebrannt, hatte stahlblaue Augen und lächelte sie an. „Bravo, junge Dame, ganz ausgezeichnet.“

„Äh, danke“, stotterte Carolin.

„Sie haben einen bemerkenswerten Ritt geboten auf einem ausgezeichneten Pferd.“

„Äh, danke“, wiederholte Carolin und hatte das Gefühl, sich dabei ziemlich dämlich anzuhören.

„Sie sind nicht aus Berlin, habe ich Recht?“

„Ja.“ Irgendwie erschien Carolin der Mann nicht so ganz geheuer.

„Das dachte ich mir. Ich kenne alle Spitzenpferde in und um Berlin und Ihr herrliches Tier habe ich noch nie gesehen. Wo kommen Sie denn her, wenn ich fragen darf?“

„Aus Lilienthal.“

„Lilienthal … Ich habe noch nie davon gehört. Darf ich auch nach dem Namen Ihres Reiterhofes fragen?“

„Lindenhain.“

„Klingt mir nicht vertraut. Trainieren dort noch mehr solcher Pferde?“

Carolin musste schlucken. „Im Moment wohl eher nicht …“ Sie war heilfroh, als Lina und Ferdi angelaufen kamen.

„Hey, Caro“, rief Lina schon von Weitem. „Ich glaube, die Siegerehrung geht los. Wo bleibst du denn? Komm schon.“

Carolin wandte sich noch kurz an den Fremden. „Ich muss los. Auf Wiedersehen!“

„Wer war das denn?“, erkundigte sich Lina.

„Keine Ahnung.“

„Sah ganz schön nobel aus.“

Der Platz, auf dem die Siegerehrung stattfand, war mit dicken roten Schleifen geschmückt. Einige der Paddocks waren abgebaut worden und boten nun Platz für ein Siegerpodest. Die Reiter standen bereits erwartungsvoll mit ihren Pferden zur provisorischen Bühne hin ausgerichtet, während rechts neben ihnen Freunde, Familienmitglieder und Zuschauer darauf warteten, den Teilnehmern gratulieren zu können.

Lina streckte Carolin die Hände entgegen. „Ich drück dir ganz fest die Daumen, Caro."

Carolin war mittlerweile ganz übel vor Aufregung. „Ich mir auch. Und vor allem Lindenhain."

Sie führte Sternentänzer zu den anderen, wo Hendrik ihr bereits freundlich zulächelte. „Hallo, Carolin." Weiter kam er nicht, denn da begann der Laudator schon mit seiner Rede.

Carolin hörte nur mit halbem Ohr hin. Sie konnte nur an Lindenhain denken und wie viel von einer guten Platzierung von ihr und Sternentänzer abhing.

„Bevor wir nun zur Siegerehrung schreiten", sagte der Redner, „möchte ich mich noch einmal bei allen Teilnehmern an unserem diesjährigen traditionellen Distanzreiten bedanken. Noch nie waren so viele hochklassige Pferde am Start wie dieses Mal. Das freut uns natürlich ganz besonders …"

„Jetzt mach schon", murmelte Carolin, die vor Spannung beinahe platzte.

„Ein besonderer Dank gilt auch unserem Dr. Horstmann, der sich wie immer ganz hervorragend um die Pferde gekümmert hat."

„Ich halt das nicht mehr aus!"

„Tja. Dann habe ich Ihre Geduld jetzt lange genug beansprucht. Schreiten wir also zur Siegerehrung.“ Er machte eine kunstvolle Pause.

Carolin wippte inzwischen mit den Füßen auf und ab. „Ich glaub, das überleb ich nicht.“ Doch da begann der Redner endlich mit den Platzverteilungen.

„Auf Rang drei landete Hermann Luftig auf Schneeflocke mit einer exzellenten Reitzeit von drei Stunden und 59 Minuten. Herzlichen Glückwunsch.“ Er wartete ab, bis einer der Helfer dem Pferd seine Rosette angesteckt hatte. Dann fuhr er fort: „Den Sprung auf das zweite Treppchen hat eine junge Dame geschafft, die zum ersten Mal an unserem Turnier teilgenommen hat.“

Lina zwickte Carolin in den Arm. Carolin wagte kaum noch zu atmen.

„Herzlichen Glückwunsch, Katherina Herzog auf Glücksstern. Mit einer Reitzeit von drei Stunden und 42 Minuten.“

Carolin ließ betrübt den Kopf hängen. Das war's. Die erste war sie nicht gewesen.

„Der Gewinner unseres diesjährigen Distanzreitens mit einer hervorragenden Zeit von drei Stunden und 27 Minuten ist Dr. Albert Dinkelmann auf Herkules. Ganz herzlichen Glückwunsch.“

Aus, vorbei, gelaufen. Die Aktion ‚Rettet Lindenhain' ist damit gründlich in die Hose gegangen. Carolin wollte sich schon abwenden.

„Aber, meine Damen und Herren, wir sind noch nicht am Ende der heutigen Siegerehrung. Wie Sie alle wissen, ist unser Turnier eines der prestigeträchtigsten und höchstdotierten in Berlin und Umgebung. Da in diesem Jahr so viele Nachwuchstalente wie noch nie an den Start gegangen sind, haben wir uns auf Wunsch einiger unserer Sponsoren dazu entschlossen, noch einen weiteren Preis zu verleihen. Damit soll nicht nur eine hervorragende Leistung belohnt werden, sondern auch Teamgeist, Mut und das richtige Herz für diesen Sport."

„Lass uns gehen", murmelte Carolin zu Lina und hatte Mühe ihre Stimme unter Kontrolle zu halten. „Ich will hier keinen Augenblick mehr länger bleiben." Tränen stiegen ihr in die Augen und sie wollte nur noch weg. Immer wieder drängte sich ihr das Bild ihrer Vision von Lindenhain vor Augen. Wie Baukräne und Lastwagen diesen wunderschönen Ort in ein hässliches Erdloch verwandelten …

„Warte doch mal." Lina hielt sie fest.

„Ich bin ganz besonders stolz darüber", fuhr der Redner nun fort, „den heutigen Förderpreis von 5000 Euro an Carolin Baumgarten auf Sternentänzer zu verleihen."

„Wa…" Carolin blieb beinahe das Herz stehen, als sie ihren Namen hörte. „Hast du das gehört, Lina?"

Lina schlang die Arme um ihre Freundin. „Du hast gewonnen! Er hat deinen Namen genannt. Ich bin so stolz auf dich."

„5000 Euro? Hab ich eben echt 5000 Euro gewonnen?"

„Jajaja!", jubilierte Lina.

„Zwick mich!"

„Na gut!"

„Autsch, nicht so fest!"

„Kapier es endlich! Du hast eben 5000 Euro für Lindenhain gewonnen."

Nach der Siegerehrung führten Ferdi, Carolin und Lina Sternentänzer und Cinderella zurück in den Hänger. Carolin schwebte dabei wie auf Wolken. Mit verklärtem Gesichtsausdruck wollte sie auf die Rückbank des Wagens rutschen, als plötzlich der ältere Herr, der Carolin bei der Nachuntersuchung angesprochen hatte, auf sie zukam.

„Ganz herzlichen Glückwunsch, junge Dame."

„Vielen Dank." Carolin strahlte ihn an.

„Sie fragen sich sicher, was ich von Ihnen will. Wenn ich mich kurz vorstellen darf? Mein Name ist Harald von Eschenbach. Ich beschäftige mich mit Nachwuchstalenten auf verschiedenen Gebieten des Pferdesports und betätige mich zuweilen auch als Förderer."

„Aha." Carolin sah den Mann mit großen Augen an. *Was will er denn von mir?*, fragte sie sich.

„Sie und Ihr Pferd, Sie sind mir schon beim Start aufgefallen. Sie sind ein außergewöhnliches Team. Glauben Sie mir, ich erkenne Talente, wenn ich sie sehe."

„Danke", brachte Carolin ein wenig verlegen heraus. Es gab Tage, die waren voller Merkwürdigkeiten. Der heutige war offenbar einer davon.

„Lange Rede, kurzer Sinn: Ich würde Sie und Ihr Pferd gerne unterstützen. Sie beide haben alles, was es zum Erfolg braucht. Sie könnten eine ganz große Turnierreiterin werden."

„Aber …", stammelte Carolin. „Ich kann nicht in Berlin bleiben. Ich muss zurück nach Hause …"

„Selbstverständlich." Herr von Eschenbach schmunzelte. „Ich dachte auch an eine mögliche Kooperation zwischen

Ihrem Reiterhof und mir. Offenbar ist dieser Hof für Überraschungen gut und das ist genau das, was ich suche. Allerdings müsste ich mir Ihren Reiterhof vorher noch einmal etwas genauer ansehen … Würden Sie mir dazu die Adresse von diesem Lindenhof geben?"

„Lindenhain!"

„Pardon." Herr Eschenbach grinste. „Lindenhain." Er zog einen goldenen Füller und ein in Leder gebundenes Notizbuch aus seiner Jackentasche.

Carolin sah den Mann ungläubig an. War das der rettende Engel? Sie als Turnierreiterin und Lindenhain als Reiterhof für große Turniere – das klang schon nicht schlecht. *Aber will ich das wirklich?*, fragte sie sich plötzlich. *Eigentlich geht es mir nur darum, mit Sternentänzer zusammen zu sein. Mit ihm auszureiten und Spaß zu haben … Aber Turniere reiten?* Anderseits war es ein unglaublich tolles Gefühl gewesen, auf Sternentänzer über die Ziellinie zu preschen … Und was war mit Lindenhain? Mit den 5000 Euro war Gunnar sicher ein wenig geholfen, aber längerfristig? Kurzentschlossen nahm Carolin das Notizbuch und den Füller und schrieb die Adresse von Lindenhain auf.

„Kommst du, Caro? Wir wollen fahren!", rief ihr Lina aus dem Transporter zu.

Harald von Eschenbach streckte ihr seine Hand entgegen. „Dann auf bald, Fräulein Carolin. Es hat mich sehr gefreut, Ihre Bekanntschaft zu machen."

„Ja, danke", entgegnete Carolin immer noch ein wenig verwirrt und lief hinüber zu Lina und Ferdi. War es die richtige Entscheidung gewesen, diesem Fremden die Adresse von Lindenhain zu geben? Oder hatte sie damit eine Lawine in Gang gesetzt, die sie nicht mehr würde aufhalten können?

Sternentänzers Entscheidung

Zwei Tage später war es Zeit, Abschied von Berlin zu nehmen. Obwohl ihr die Stadt am Anfang gar nicht gefallen hatte, war Carolin jetzt irgendwie doch ziemlich traurig, dass sie gehen mussten. Sogar der schrullige Onkel Rocco war ihr richtig ans Herz gewachsen. Und die merkwürdige Villa, in der er wohnte. Zudem ahnte sie, was sie daheim erwarten würde: ihre Eltern, die sich um die Formalitäten der Scheidung stritten, Lindenhain ohne Nick und mit einem frustrierten Gunnar, der die Pferde nur noch loswerden wollte, und zu allem Überfluss bald auch noch die Schule. Nein, ihr war ganz und gar nicht nach Abfahrt, aber andererseits gab es Dinge, die man einfach tun musste. Dinge, die man schnell tun musste. Dinge, wie die 5000 Euro die sie Gunnar übergeben wollte.

„Beeilt euch, Tim und Ferdi warten bestimmt schon!", rief Rocco, der sich bereit erklärt hatte, sie bis zum Gestüt zu fahren.

„Wir kommen!", antwortete Lina und warf schnell ihre letzten Sachen in den Koffer. Dann rannte sie hinter Carolin die Treppe hinunter.

Rocco stand schon neben seinem ehemals himmelblauen VW-Käfer und hielt ihnen die Tür auf. „Ihr habt eine lange Fahrt vor euch, Mädels“, mahnte er.

Carolin nickte. „Hoffentlich ist Cinderella inzwischen wieder transportfähig.“

„Hast du nicht noch mal mit Ferdi telefoniert?“, wollte Lina wissen.

„Ich konnte ihn nicht erreichen.“

„Meinst du, er hatte Ärger mit seiner Mutter, weil nun doch Sternentänzer am Start war?“

Carolin zuckte mit den Schultern, schüttelte aber dann den Kopf. „Da konnte er ja nichts dafür.“

Sie krabbelten auf den Rücksitz, während Rocco die Koffer verstaute und schon ging es los.

Wie jeden Morgen war der Reiterhof auch diesmal gut besucht. Dennoch erkannte Carolin sofort den Transporter von Frau Reifenbach. „Da drüben sind sie!“

„Okay, Mädels. Ihr kommt zurecht?“

Lina nickte, nahm ihren und Carolins Koffer entgegen und stellte sie irgendwo ab. „Also dann, lieber Onkel.“ Lina legte die Arme um seinen Hals. „Machs gut. Und ruf mich an oder schreib mir. Oder noch besser: Komm bald mal wieder bei uns vorbei. Ich werde dich schrecklich vermissen.“

Rocco drückte sie fest an sich. „Versprochen, Lieblingsnichte.“

„Und halt dich von finsteren Gestalten fern“, fügte Lina

noch mit Tränen in den Augen hinzu. „Vor allem, wenn wir nicht in der Nähe sind, um dich zu retten!"

Rocco lachte. „Versprochen. Und denk daran: Ihr seid mir jederzeit willkommen!" Er umarmte Carolin. „Mach's gut, Caro. Und pass auf meine Lina auf!"

„Mach ich", nickte Carolin mit einem dicken Kloß im Hals.

Rocco winkte noch einmal, dann stieg er in seinen Uralt-Wagen und knatterte davon.

Ferdi erwartete sie bereits und wippte ungeduldig mit den Füßen auf und ab. Seit er nicht mehr auf Cinderella trainieren musste, sah er wieder aus, als sei er frisch aus einem Modemagazin gehüpft. Er trug eine dunkelblaue Hose mit Bundfalten, ein blütenweißes, gebügeltes T-Shirt und eine teuer aussehende Sonnenbrille.

„Hallo, ihr zwei. Seid ihr gerüstet für die lange Fahrt oder soll ich euch noch schnell einen Verpflegungskoffer packen?", spielte er auf seine Ausrüstung fürs Turnier an.

„Nee, danke", lachte Lina. „Damit würden wir es ja bis nach China schaffen. Ganz so weit haben wir es nicht."

„Sind die Pferde schon im Hänger?", erkundigte sich Carolin.

Ferdi schüttelte den Kopf und sah plötzlich irgendwie bedrückt aus.

„Stimmt etwas nicht?"

Unruhig begann Ferdi wieder zu wippen. „Ich … Meine Mutter möchte Cinderella hier behalten und von einem erfahrenen Trainer ausbilden lassen."

„Und du meinst, das klappt ohne Silberstern und Sternentänzer?", wandte Lina ein. „Ihr habt ja schon einmal versucht, Cinderella von ihrem geliebten Sternentänzer zu trennen. Und prompt war mit beiden nichts mehr anzufangen …"

„Schon …" Ferdi wurde immer unruhiger. „Außerdem habe ich auch noch einmal mit Herrn Kolb über Silberstern gesprochen …" Ferdi räusperte sich.

Plötzlich war Caro, als würde eine unsichtbare Hand sie an der Kehle würgen. Eine dunkle Ahnung stieg in ihr auf. Sie hätte es wissen müssen! Wie gebannt starrte sie auf Ferdis Lippen, als dieser das Naheliegende auch schon aussprach.

„Er meinte, es sei nicht gut, Silberstern jetzt von seiner neuen Herde wieder zu trennen. Er hat hier ein Zuhause gefunden, Caro. Einen Ort, an dem er glücklich ist. Willst du ihm das wirklich wieder nehmen?"

„Aber ich …" Carolin verstummte. In ihrem Inneren musste sie Ferdi Recht geben. Sie hatte es in all den Wochen beobachten können. Sie selbst hatte Silbersterns Fortschritte hier bewundert …

„Am besten, du siehst es dir selbst an", seufzte Ferdinand. „Kommt mit!" Er marschierte zur Weide. Am Holzzaun blieb er stehen und deutete mit seinem Finger in Richtung Wiese.

Da standen Sternentänzer, Silberstern und Cinderella. Ganz eng und friedlich aneinandergeschmiegt. Wie eine kleine, glückliche Familie.

„Aber ich …", setzte Carolin erneut an, doch sie brach wieder ab. Das Bild vor ihr bedurfte keiner Worte mehr. Tränen schossen ihr in die Augen.

„Zusammen mit Silberstern würde Cinderella die Trennung von Sternentänzer wohl überstehen, aber …" Ferdi hob die Schultern.

„Und was ist mit Sternentänzer?" Dicke Tropfen kullerten über Caros Gesicht und blieben am Kinn hängen, bis sie schwer genug waren, um sich zu lösen.

Ferdi schien zu schrumpfen.

„Sieht aus, als würde er auch hier bleiben müssen", formulierte Lina das Unausgesprochene.

In Carolin tobte ein Orkan. Sie wusste, dass Lina und Ferdi Recht hatten. Aber sie konnte doch nicht einfach … *Was ist mit Silbersterns Gabe?*, fragte sie sich. *Wenn er hier bleibt, wird nie jemand erfahren, ob er wie Sternentänzer in die Zukunft sehen kann oder nicht? Und Sternentänzer?* Die Flut der Tränen wurde noch stärker. *Ich kann ihn einfach nicht hier lassen! Ich KANN nicht!* Sie schüttelte den Kopf und ballte die Hände zu Fäusten. „Nein! Sternentänzer gehört zu mir. Er wird auf gar keinen Fall hier bleiben! Ohne Sternentänzer fahre ich nirgendwo hin!" Hilfe suchend blickte sie zu Lina, doch diese zuckte nur mit den Schultern.

„Ich weiß, wie viel dir Sternentänzer bedeutet, Caro", begann Lina, doch eine heftige Geste von Carolin unterbrach sie.

Lina sagte nichts mehr, doch sie blickte in Richtung Weide, wo die drei Pferde immer noch ganz eng zusammenstanden und dieser Blick besagte alles, was nötig war.

Carolin war verzweifelt. „Aber was soll ich ohne Sternentänzer anfangen? Ich brauche ihn doch!"

„He, Caro. Es gibt auch noch andere Pferde auf Lindenhain“, versuchte Ferdi sie zu trösten, bemerkte aber rasch, dass er in ein Fettnäpfchen getreten war.

„Sternentänzer ist nicht wie andere Pferde!“, fauchte sie ihn an.

Ferdi duckte sich unwillkürlich ein wenig. „Nun mach mal halblang“, versuchte er zu beschwichtigen. „Ist er etwa ein verkappter Pegasus? Oder verwandelt er sich bei Mondschein in ein Einhorn?“

„Idiot!“, fuhr Carolin ihn an. „Das ist überhaupt nicht witzig. Sternentänzer und ich, wir gehören zusammen!“

„Tja“, Ferdi klatschte in die Hände, „dann weiß ich die Lösung.“

Carolin sah ihn fragend an.

„Du ziehst nach Berlin. Ganz einfach.“

Carolin schüttelte den Kopf. „Das geht nicht.“ Sie dachte daran, all ihre Freunde im Stich lassen zu müssen, Lindenhain und Gunnar zu verlassen oder ihre Familie … Ganz abgesehen davon, dass ihre Mutter so einen Umzug niemals erlauben würde. *Aber ein Leben ohne Sternentänzer ist wie ein Sommer ohne Sonne.* Sie blickte wieder zu der kleinen Familie auf der Weide. *Habe ich wirklich das Recht, ihm seine Familie vorzuenthalten? Sein Fohlen?*

Plötzlich richtete sich Lina mit einem Ruck auf. „Weißt du was?“ Sie spuckte den Grashalm, an dem sie gekaut hatte, auf den Boden. „Meine Ami würde jetzt sagen: Lass am besten Sternentänzer entscheiden.“

„Und wer ist deine Ami?“, wollte Ferdi wissen. „Dein Psychiater?“

Lina grinste. „So ähnlich. Ami ist meine total verschrobene Großmutter.“

Ferdi nickte verstehend. „Oh. So ein Exemplar habe ich auch. Sie strickt mir jedes Jahr zu Weihnachten die scheußlichsten Ringelsocken, die du dir vorstellen kannst."

Lina lächelte. „Meine ist da ein bisschen anders."

Carolin stand am Zaun und betrachtete nachdenklich die drei Pferde. „Und wie würde deine Ami das machen?"

Lina stellte sich neben Carolin. „Frag ihn."

„Hä?" Verständnislos sah Carolin ihre Freundin an und hob ratlos die Hände.

„Natürlich nicht wie du mich fragen würdest, aber mach ihm verständlich, dass du gehen willst. Dann liegt es bei ihm."

Carolin sah Lina an. „Ich hab tierische Angst", sagte sie leise.

Lina strich ihr sanft über die Haare. „Ich weiß."

„Ich habe keine Ahnung, wie lange ihr hier noch beraten wollt", begann Ferdi, „aber wenn sich das noch über den Rest des Tages hinzieht, sagt mir bitte vorher Bescheid. Ich bring euch dann am Abend ein paar Schlafsäcke und eine warme Mahlzeit vorbei, kein Thema."

„Ferdi hat Recht, wir müssen langsam los", nickte Lina und sah Carolin aufmunternd an.

„Bring es hinter dich. Unangenehme Dinge, die man nicht vermeiden kann, sollte man immer sofort tun, sagt Ami immer."

Carolin atmete tief durch und machte sich auf zum schwersten Gang ihres Lebens.

Die drei Pferde blickten auf, als sie sie bemerkten und Silberstern und Sternentänzer kamen sofort auf sie zu. Carolin umarmte beide. „Hallo, ihr Süßen."

Augenblicklich spürte Sternentänzer, dass etwas mit ihr nicht stimmte, und blies ihr aufmunternd ins Haar. Bewundernd strich sie ihrem Hengst durch die silberne Mähne. Im selben Moment spürte sie, wie Silberstern sie immer wieder anstupste und zum Spielen aufforderte. Auch er schien zu spüren, dass Carolin traurig war, und benahm sich wie ein kleiner Clown. Mit wilden Bocksprüngen hüpfte er um sie und seinen Vater herum. Carolin musste unwillkürlich lachen.

„Ich werde dich vermissen, du kleiner Narr." Sie drückte dem schwarzen Hengstfohlen einen Kuss auf die Nase. „Aber wenigstens weiß ich, dass es dir hier viel besser als in Lindenhain geht ..." Ihr Blick richtete sich auf Sternentänzer. „Doch du ..." Sie brach in Tränen aus. „Ich wünschte, du könntest mich verstehen! Wir gehören doch auch zusammen! Aber ich kann nicht hier in Berlin bleiben, verstehst du das? Ich ... ich ..." Sie schniefte laut. „Komm doch einfach mit, Sternentänzer, ja? Komm!" Sie lockte ihn zum Gatter, wo der Transporter schon bereit stand. Auf der Rampe drehte sich Sternentänzer jedoch noch einmal verwirrt um und blickte zu seiner Familie zurück. Cinderella wieherte laut und wie auf Kommando stieg Sternentänzer in die Höhe.

„Bitte!" Carolin war außer sich. „Komm mit mir! Ich verspreche dir auch, dass wir deine Familie bald wieder besuchen! Lass mich nicht allein!"

Aber Sternentänzer weigerte sich. Mit einem Ruck riss er Carolin das Führseil aus der Hand und trabte wieder auf die Weide zurück, wo Cinderella ihn begrüßte und Silberstern fröhlich um ihn herumtollte.

Für Carolin brach eine Welt zusammen. Sternentänzer hatte sich gegen sie entschieden. Sie taumelte und bemerkte gerade noch, wie Lina sie auffing.

„Carolin!", schrie Lina erschrocken. „Bitte sag was! Du bist bleich wie eine Wand!"

Carolin gab sich Mühe, aber sie konnte nicht sprechen. Ohne Sternentänzer nach Lilienthal zurückzukehren, schien ihr absolut sinnlos. Nichts hatte ohne ihn noch eine Bedeutung. Lindenhain, ihre Freunde ... Sie schloss die Augen, als sie spürte, dass Ferdi und Lina sie zum Wagen schleppten. Gleich würden sie sie fortbringen ... Sie war wie gelähmt, als sie sich langsam auf dem Rücksitz wieder aufrichtete.

„Gib ihm Zeit", murmelte Lina nun völlig verzweifelt. „Wenn Silberstern etwas älter ist, wird Sternentänzer ganz sicher wieder zu dir zurückkommen!"

„Ja, und vielleicht taugt Cinderella ja überhaupt nicht für Turniere", versuchte nun auch Ferdi sein Bestes zu geben, um Carolin zu trösten. „Dann schickt meine Mutter sie bestimmt wieder nach Lindenhain zurück."

„Genau", bekräftigte Lina sofort. „Und wenn es mit Lindenhain erst wieder bergauf geht, kommen bestimmt auch ein paar Fohlen auf den Hof. Dann kann auch Silberstern wieder kommen."

Carolin nickte lahm. Sie nahm die Worte ihrer Freunde wie aus weiter Ferne wahr. „Lasst uns fahren", murmelte sie dann plötzlich mit resignierter Stimme. „Sternentänzer hat seine Wahl getroffen."

Nun musste auch Lina gegen ein paar Tränen anblinzeln. Sie hatte immer gewusst, dass Sternentänzer und Carolin etwas ganz Besonderes miteinander verband, aber dass es so stark war, hatte nicht einmal sie geahnt. Trost spendend nahm sie ihre Freundin in den Arm, während Tim die Autotür schloss und den Motor startete.

Keiner bemerkte Ferdis verlorenes Winken, als plötzlich ein weißer Blitz mit einem empörten Wiehern an ihm vorbeischoss. Der Wagen passierte gerade das Tor des Equitaniushofes, als Tim im Rückspiegel bemerkte, dass sie verfolgt wurden. Er trat auf die Bremse.

Lina sah überrascht auf. „Was ist denn los?"

„Seht doch mal nach draußen", bemerkte er mit einem Lächeln.

„Caro!" Lina schrie auf. „Sternentänzer hat sich nicht gegen dich entschieden!" Noch bevor Carolin überhaupt begriff, hatte Lina schon die Tür aufgerissen und begrüßte Sternentänzer mit einem liebevollen Klaps.

„Mann! Hast du es spannend gemacht!"

Carolin brauchte noch einige Sekunden, doch dann stürzte sie sich mit einem lauten Freudenschrei auf den Araberhengst. „Sternentänzer! Mein Sternentänzer! Ich konnte es nicht glauben. Ich …" Erneut unterbrach eine Tränenflut ihre Worte, doch diesmal waren es Tränen der Freude.

„He, erdrück das arme Tier nicht!" Lina packte Carolin am Arm. „Wir müssen jetzt echt los, wenn wir nicht zu Fuß zurückgehen wollen. Tim hat nicht ewig Zeit."

Carolin strahlte über das ganze Gesicht. „Ich bin ja so glücklich." Sie konnte sich kaum von Sternentänzer lösen, als Tim das Führseil ergriff, um das Pferd in den Anhänger zu bringen.

Erleichtert wuschelte Lina ihrer Freundin durch die kurzen Haare. „Ich auch“, murmelte sie leise und kroch wieder auf den Rücksitz.

Auf der Fahrt musste Carolin immer wieder daran denken, wie sehr sie Silberstern und Cinderella vermissen würde. Irgendwann fiel ihr dann aber auf, dass Lina neben ihr ungewöhnlich still war. Sie sah Lina an. „He. Ist mit dir alles in Ordnung?“

„Ja, ja.“ Lina winkte ab.

„Dann schweig mich mal ein bisschen lauter an. Was ist los? Sag schon!“

„Naja.“ Lina zwirbelte eine ihrer Locken. „Ich mach mir Sorgen um Onkel Rocco. Was wäre gewesen, wenn wir in jener Nacht nicht dazu gekommen wären?“

Carolin schwieg. Die Vison auf Sternentänzer hatte es ihr recht deutlich gezeigt … „Aber wir sind dazugekommen“, sagte sie schließlich.

Lina ließ nicht ab von ihrer Locke. „Und wenn es der Typ noch mal versucht? Dann sind wir nicht da, um Onkel Rocco zu helfen.“

Carolin legte die Arme um Lina und zog sie an sich. „Ich schätze, dein Onkel kann ganz gut auf sich selbst aufpassen, mach dir keine Sorgen! In Australien hat er sich ja auch durchgeschlagen und wir waren nicht bei ihm. Außerdem ist er jetzt ja gewarnt und kann sich vorbereiten.“ Sie deutete auf Linas gequälte Locke. „Reiß dir deswegen lieber nicht die Haare aus. Das würde Rocco gar nicht gefallen.“

Lina ließ sich zu einem Lächeln hinreißen. „Na schön. Konzentrieren wir uns jetzt lieber wieder auf Lindenhain."

„Ja." Carolins Antwort klang wie ein Stöhnen.

„Was ist los?"

„Ich glaube nicht, dass ich mit den paar Kröten Lindenhain wirklich retten kann." Carolin nagte an ihrer Unterlippe. „Und ich habe tierische Angst, dass ich Sternentänzer von seiner Familie weggeholt habe, um ihn nach Lilienthal zurückzubringen, wo es kein Zuhause für ihn mehr gibt."

Rückkehr nach Lindenhain

Es war stockdunkel und die Zeiger der Uhr rückten bereits Richtung zwei, als der Transporter endlich in die Einfahrt von Lindenhain einrollte. Sie hatten stundenlang im Stau gestanden und waren nun müde und erschöpft. Dennoch hatte Lina es sich nicht nehmen lassen, Carolin und Sternentänzer mit nach Lindenhain zu begleiten. Im Arbeitszimmer von Gunnar sah man noch Licht und er kam ihnen bereits auf halbem Weg entgegen. Er wurde jedoch von Herrn Maier und Carolina mit lautem Gekläff überrundet.

„Hallo, ihr beiden." Carolin begrüßte die Hunde mit einer herzlichen Umarmung und empfing dafür zwei schlabberige Küsse. Außer sich vor Freude hopsten die Hunde um sie und Lina herum, ehe Gunnar sie mit einer misslaunigen Geste verscheuchte.

„Hallo, Gunnar!", begrüßte Carolin ihn. Immerhin war er noch da. „Wie geht es dir? Was ist mit Lindenhain?"

Unterdessen lud Tim Sternentänzer aus dem Anhänger.

Gunnar brummte etwas Unverständliches und übernahm die Zügel von Tim. „Kommt morgen wieder, okay?" Er strich sich über seine zerzausten Haare. „Mir ist jetzt nicht nach

Erklärungen." Mit diesen Worten wandte er sich ab und schlurfte mit Sternentänzer zum Stall hinüber.

Lina und Carolin starrten sich verblüfft an. So kannten sie Gunnar gar nicht.

Schließlich zuckte Lina mit den Schultern. „Tja ... Das war's dann wohl für heute."

„Das ist doch wohl nicht sein Ernst, oder?"

„Sah aber ganz so aus. Naja. Dann erfährt er von seinem Glück eben erst morgen." Lina zwinkerte Carolin zu. „Ich bin gespannt auf sein Gesicht, wenn du ihm den Scheck in die Hand drückst."

„Ja." Carolin nickte. „Ich auch." Ein bisschen widerwillig kehrte sie zum Transporter zurück und rutschte wieder auf die Rückbank. Sie hatte vieles erwartet, aber einen so seltsamen Empfang nicht.

„Mam!", rief Carolin in die erleuchtete Wohnung. Offenbar hatte ihre Mutter auf sie gewartet. „Ich bin wieder daha!"

„Caro, mein Schatz!" Ihre Mutter kam herbei und umarmte sie. „Du hast mir ja so gefehlt!"

„Du mir auch, Mam." Für einen Moment kuschelte sich Carolin in die Arme ihrer Mutter.

„Warum kommt ihr so spät? Ich habe dich schon viel früher erwartet."

„Tut mir echt Leid." Carolin erzählte von dem Stau und der unzureichend beschilderten Umleitung. Dann konnte sie ihre Neugier nicht länger zügeln. „Hast du was von Lindenhain gehört?"

„Nicht viel.“ Ines schüttelte den Kopf. „Warst du nicht eben dort?“

„Ja, aber Gunnar wollte nichts sagen.“

Ines wischte sich nachdenklich über die Stirn. „Ich weiß, dass ein paar der Pferde abgeholt worden sind, aber mehr auch nicht.“

„Ein paar Pferde?“ Carolin wurde übel. Kam sie etwa zu spät, um das Lindenhain, das sie kannte, noch zu retten? „Weißt du, welche?“

„Nein.“ Ihre Mutter schüttelte den Kopf und erst jetzt fiel Carolin auf, dass sie gar nicht gut aussah. Sie hatte tiefe Schatten um die Augen, als hätte sie schon seit Tagen nicht mehr geschlafen, und ihre Haare wirkten vernachlässigt und standen zu Berge. Was war geschehen? War sie nicht gerade erst in einem Wellness-Urlaub mit Florentine gewesen?

„Alles okay bei dir, Mam?“, fragte sie leise.

„Ja, klar, Schatz. Alles bestens.“

Das war eindeutig gelogen. „Gab es Ärger mit Paps?“

Ines fuhr zusammen. „Nein, nein, alles in Ordnung“, wehrte sie ab, doch Carolin war klar, dass sie mit ihrer Vermutung ins Schwarze getroffen hatte.

„Ist es wegen eurer Scheidung?“, setzte Carolin nach.

Ines ließ sich auf einen Stuhl sinken und lehnte sich zurück. „Nein, da sind wir uns einig. Der Anwalt hat schon die Papiere aufgesetzt. Alles geht seinen Gang.“

Carolin holte sich ein Glas Milch aus dem Kühlschrank und setzte sich zu ihr. „Bist du deswegen so traurig?“

„Nein.“ Ines stöhnte und strich sich durch die Haare, wodurch sie sie noch mehr verwirrte. „Wir waren uns ja einig, dass es besser ist, klare Verhältnisse zu schaffen.“ Ihre Stimme klang so dumpf, als hätte sie soeben den Termin einer Beerdigung verkündet.

Carolin schob ihre Milch zur Seite. Es schmerzte sie, ihre Mutter so traurig zu sehen. „Was hast du denn sonst?"

Ines zögerte. Dann holte sie tief Luft. „Nichts. Es ist nur … Eine Scheidung, weißt du, die ist so endgültig. Eine Trennung ist eben nur eine Trennung. Da besteht noch Hoffnung. Aber eine Scheidung …"

„Willst du Paps denn wieder zurück?"

Ines hob abwehrend die Hände. „Nein danke, bloß nicht!"

Carolin hob ratlos die Schultern. „Aber dann verstehe ich dich nicht."

Ines lächelte. „Es ist wohl einfach nur die Endgültigkeit, die mich traurig macht."

Carolin stand auf und legte die Arme um ihre Mutter. „Keine Sorge, Mam. Wir beide schaffen das schon. Auch ohne Papa."

Ines drückte ihr einen Kuss auf den Arm. „Ich bin so froh, dass ich dich habe, mein Schatz!"

Nach einer Weile machte Carolin sich los. „Du, Mam? Kann ich Paps trotzdem anrufen und ihm sagen, dass ich wieder da bin?"

Ines stand auf. „Klar kannst du. Aber du wirst ihn nicht erreichen."

„Warum? Ist ihm was passiert?"

„Passiert?", wiederholte Ines verächtlich. „So würde ich das nicht bezeichnen, wenn man sich in einem exklusiven Club in der Türkei herumtreibt. Und das auch noch mit einer jungen Blondine!"

Carolin sah ihre Mutter fragend an.

„Dein Vater macht Urlaub mit seiner neuen Freundin.“

Aha, dachte Carolin. *Daher weht der Wind. Deswegen also diese miese Laune. Warum machen Erwachsene immer alles so kompliziert? Sie sind doch schon getrennt. Und Paps hatte doch schon mehrere Freundinnen. Warum regt sich Mam jedes Mal wieder darüber auf?*

„Das kann sich dein Herr Vater offenbar leisten“, fuhr Ines aufgebracht fort.

„Woher weißt du das?“

Ines schnaubte verärgert. „Florentine hat noch eine Freundin und deren Bekannte mit in diesen Wellnessclub genommen. Dreimal darfst du raten, wer diese Bekannte war!“ Ines’ Augen funkelten. „Die ganze Zeit hat sie nur von ihrer neuen Eroberung geschwärmt. Und von der tollen Reise, für die sie sich schön machen lassen wollte. Einfach grässlich. Du kannst dir vorstellen, wie wir geguckt haben, als wir feststellten, dass es bei dieser Eroberung um deinen Vater ging.“

Carolin hatte Mühe nicht loszukichern. In Gedanken sah sie ihre Mutter mit einer Blondine im Moorbad bei einer Prügelei.

Ines schüttelte den Kopf. „Das war so peinlich, das kannst du dir gar nicht vorstellen.“

„Habt ihr euch geprügelt? So richtig wie im Fernsehen mit Schlammschlacht und so?“

Ihre Mutter sah sie empört an. „Das ist doch unter meiner Würde. Soll sich dein Vater doch rumtreiben mit wem er will. Mich geht das alles ja zum Glück nichts mehr an!“

Carolin räusperte sich. „Du, Mam. Ich versuche trotzdem Paps anzurufen. Ich hab’s ihm versprochen. Bestimmt hat er sein Handy dabei.“

„Mach, was du willst." Ines stand auf und ging nach oben ins Bad.

Als Carolin am nächsten Morgen die Augen aufschlug, brauchte sie erst einmal ein paar Minuten, um sich zu orientieren. Keine Wände mit goldenen Ornamenten und arabischen Schriftzeichen, keine Tierfelle und Schwerter und keine Decke mit Zebramuster. Stattdessen ein Poster von Cinderella und Sternentänzer an der Tür, ein Wecker mit Pferd anstelle eines Sekundenzeigers und ein unordentlicher Schreibtisch mit einem Silberrahmen, in dem ein Foto von Sternentänzer war. Carolin streckte sich. *Eindeutig. Ich bin wieder zu Hause in meinem Zimmer.* Für einen Moment fühlte sie ein klein wenig Sehnsucht nach Berlin und der chaotischen Villa, die sie am Anfang so schrecklich gefunden hatte. Aber dann hüpfte sie hastig aus dem Bett. Lindenhain wartete auf seine 5000 Euro. Noch im Schlafshirt eilte Carolin die Treppe nach unten. Im ganzen Haus duftete es schon nach Kaffee. Ines hockte am Küchentisch und nippte an ihrer Tasse.

„Morgen, Mam."

„Morgen, Schätzchen." Sie stand auf und holte das Müsli aus dem Schrank. „Gut geschlafen?"

„Hm." Carolin unterdrückte eine genauere Antwort. Die Sorge um Lindenhain hatte sie lange wach gehalten und auch jetzt konnte sie es kaum mehr abwarten, endlich zu ihrem geliebten Reiterhof zu radeln.

„Schön." Ines setzte ihr eine Schale voll Müsli vor. Dann

blieb sie plötzlich neben Carolin stehen. „Ach, du hast da einen Schmutzfleck am Knöchel. Ist mir vorhin schon aufgefallen. Wasch den doch mal ab!“

„Schmutzfleck?“ Carolin sah an ihrem Bein entlang und entdeckte das Tattoo. Erschrocken fuhr sie zusammen. „Oh. Ja. Mach ich gleich.“ In Windeseile rannte sie in ihr Zimmer und schlüpfte dort in ihre Jeans. Das war knapp! Sie hatte das Tattoo schon völlig vergessen. In Zukunft musste sie vorsichtiger sein, sonst würde es ein gehöriges Donnerwetter geben.

Als sie wieder in die Küche kam, löffelte ihre Mutter gerade gedankenverloren ihr Müsli.

„Oh. Jetzt hab ich doch glatt ...“ Ihre Mutter legte den Löffel zurück. „Dabei kann ich das Zeug eigentlich gar nicht leiden.“ Sie schüttelte den Kopf. „Ich mache dir schnell ein neues.“

„Schon okay, Mam. Ich will ohnehin gleich nach Lindenhain.“

Ines verdrehte die Augen. „Du hattest doch jetzt das volle Pferdeprogramm.“

„Das verstehst du nicht, Mam!“

„Caro!“

„Was denn?“

„Sei heute Abend bitte pünktlich um sechs zu Hause, ja?“

Carolin zog eine Grimasse. „So früh schon? Ach komm, Mam. Es ist der letzte Ferientag und ich war schon so lange nicht mehr auf Lindenhain.“

„Ich weiß ja, dass du dir Sorgen machst, Schätzchen, aber du kannst deshalb nicht alles andere vernachlässigen. Du hattest doch jetzt über einen Monat völlig zu deiner freien

Verfügung. Tante Annabel kommt heute Abend und ich möchte, dass du anwesend bist, okay?"

Carolin brummte leise, nickte dann aber.

Wenig später radelte Carolin auch schon nach Lindenhain. Es war ein strahlend sonniger Spätsommertag, der Himmel war wie blankgeputzt und die Bahnschranke stand ganz weit offen. Carolin hatte ihren Scheck über 5000 Euro in der Tasche und fühlte sich voller Tatendrang. Sie konnte gar nicht erwarten, Gunnars Gesicht zu sehen. Vor allem nach seiner Reaktion gestern Abend. Ihr Herz schlug bereits wie wild vor Aufregung. Als sie jedoch in den Hof einbog, war ihre Vorfreude mit einem Schlag erloschen. Lindenhain war gähnend leer und mucksmäuschenstill. Kein Hundegebell, kein munteres Krähen, kein Wiehern, nur Totenstille. Herr Maier und Carolina lagen in ihrer Hundehütte und dösten gelangweilt vor sich hin.

„He, ihr beiden", rief Carolin ihnen zu. „Habt ihr euch gestern so vor Gunnar erschreckt, dass es heute gar keine Begrüßung gibt?"

Als hätte sie das Stichwort gegeben, sprangen die Hunde auf und liefen zu ihr, um sich streicheln und kraulen zu lassen.

„Ihr seid ja richtig liebesbedürftig", grinste Carolin und sah sich dann mit gerunzelter Stirn um. Lindenhain hatte sich verändert. Nicht nur, dass Nick fehlte, auch sah alles so aus, als wäre sie hundert Jahre lang weggewesen.

Kein Pferd stand auf der Weide draußen und das Gras

wuchs kniehoch und sah gelb und von der Sonne vertrocknet aus. Offenbar war es schon seit Wochen nicht mehr gemäht worden. Die Türen zu den Boxen standen weit auf. Von einigen waren die Angeln herausgebrochen. Carolin lehnte ihr Rad gegen das Gatter und trat zögerlich in den Stall. Die ersten drei Boxen waren leer und sahen so aus, als hätte sie schon seit Wochen niemand mehr sauber gemacht.

In der vierten stand die dicke Sophia und kaute an einem Strohhalm. Daneben stand Marhaba mit halb geschlossenen Augen und hängenden Ohren. Ab und zu bewegte er seinen Schweif, um die Fliegenschar loszuwerden, die durch die Box kreiste. Die alte Hermine bot kaum einen besseren Anblick und auch Shania und der langbeinige Wallach Claudio machten den Eindruck, als wären sie schon seit längerem nicht mehr richtig bewegt worden. Von den Ponys fehlte bis auf Sophia jede Spur.

Nur aus der vorletzten Box kam fröhliches Wiehern. Es war Sternentänzer, der sich offenbar freute, zurück auf Lindenhain zu sein und seine alten Freunde wiederzusehen. Carolin lief zu ihm und kraulte seine Ohren. „Sieht ja ganz schön übel hier aus, was, Sternentänzer? Höchste Zeit, dass wir zurückkommen und für Ordnung sorgen!“

Sie brachte die Pferde hinaus auf die Weide und ging dann hinüber zum Haupthaus. Die Tür stand offen.

„Gunnar? Vicky?“

Keine Antwort.

„Ich bin’s, Caro!“

Nichts.

Carolin lugte in Gunnars Büro. Auf seinem Schreibtisch

und auf dem Boden häuften sich Papierberge. Dazwischen ein übervoller Aschenbecher. Es stank widerlich nach abgestandenem Rauch. Carolin hustete demonstrativ und öffnete ein Fenster. Offenbar war hier seit einer Ewigkeit nicht mehr gelüftet worden.

Auch der Gemeinschaftsraum wirkte verlassen und leer. Die Stühle waren hochgestellt und jemand hatte die Urkunden von den Wänden genommen. Stattdessen prangten weiße Stellen auf der Farbe, die mit unangenehmer Intensität das Gefühl von Leere vermittelten.

„Gunnaaaaaaaaar! Vickyyyyyyy!" Endlich bewegte sich etwas im Wohnzimmer.

Carolin klopfte an die Tür. „Gunnar?"

Statt einer Antwort ertönte ein lautes Brummen.

Carolin drückte die Tür auf. Gunnar lag auf dem Sofa inmitten einer Unmenge von Fußballzeitungen und schien dort offenbar auch übernachtet zu haben. Er war vollständig angezogen mit Cowboyhut und Stiefeln, aber alles wirkte ein bisschen ungepflegt und zerknautscht.

Der Fernseher lief. Eine Stimme pries Rheumadecken zum Sonderpreis an.

„Gunnar! Was machst du denn hier?"

„Caro", murmelte Gunnar und hievte sich schwerfällig vom Sofa hoch. „Wie spät ist es?"

„Fast zehn."

„Wie war Berlin?"

„Aufregend. Silberstern hat eine ganz tolle Fohlenherde gefunden. Außerdem habe ich eine Überraschung für dich und Vicky mitgebracht. Du wirst staunen", platzte es aus Carolin heraus.

„Vicky …“ Gunnar stöhnte. „Das musst du ihr schon selbst erzählen, denn mit mir spricht sie nicht mehr.“

Aha. Deshalb die Übernachtung im Wohnzimmer, folgerte Carolin.

Gunnar rieb sich die Augen, fischte nach seinem Hut, der auf dem Boden lag, und rückte ihn zurecht. „Was hast du denn für eine Überraschung?“

Carolin sah ihn besorgt an. „Soll ich dir vielleicht erst mal einen Kaffee holen? Du siehst noch total verpennt aus!“

Gunnar seufzte tief, dann nickte er. „Das wäre prima.“ Er sah an sich hinunter. Offenbar war es ihm jetzt doch etwas peinlich, dass Carolin ihn in diesem Zustand sah. „Ich mach mich inzwischen etwas frisch und wir treffen uns auf der Bank im Hof.“

Mit einer Tasse voll heißem Kaffee aus dem Getränkeautomaten setzte Carolin sich auf die Bank und wartete. Die Minuten vergingen, doch Gunnar blieb verschwunden. Stattdessen kam Eulalia, die dicke Hofkatze, zu ihr und strich ihr schnurrend um die Beine. Offenbar war sie genauso froh, Carolin wiederzusehen, wie Herr Maier und Carolina. Eulalia hatte sogar ein Geschenk dabei. Mit einem zufriedenen Maunzen legte sie eine tote Maus vor Carolins Füße.

Carolin stellte den Kaffee neben sich und nahm die Katze hoch, um mit ihr zu schmusen.

Nach etwa zwanzig Minuten kam Gunnar dann doch noch angestiefelt. Er hatte sich umgezogen und wohl auch hastig geduscht. Sogar seinen Zwei-Wochen-Bart hatte er an einem Rasierer schnuppern lassen, aber offenbar hatte er dabei vergessen in den Spiegel zu sehen. An der Seite war ein Büschel erfolgreich der Klinge entkommen und stand nun recht borstig von seinem Gesicht ab. Carolin kämpfte gegen ein Grinsen an und reichte ihm den Kaffee, der längst aufgehört hatte zu dampfen.

„Danke." Gunnar nahm ihr die Tasse ab, setzte sich neben sie und trank scheinbar ohne wirklich wahrzunehmen, was er da in sich hineinschüttete. „Was gibt's denn, Caro?" Ohne eine Antwort abzuwarten, redete er gleich weiter. „Sieht übel aus hier, was? Mein ganzes Lebenswerk in Trümmern. Ich war so stolz darauf, was ich aus Lindenhain gemacht hatte. Und jetzt? Alles ist dahin. Nick ist weg, die Ponys ... und Vicky redet kein Wort mehr mit mir. Hätte nie gedacht, dass mich das so trifft. Sie behandelt mich wie einen Fremden. Und weißt du was, Caro? Ich vermisse sogar ihren entsetzlichen Kuchen."

„Dann komme ich wohl genau richtig", ließ Carolin hoffnungsvoll verlauten.

„Wieso? Bringst du zufällig ein Wunder in deiner Tasche mit?"

„Nicht ganz." Carolin wühlte nach dem Scheck. „Aber zumindest einen Anfang. Tatarataaa!" Sie zog das Papier hervor und wedelte damit vor Gunnars Nase herum.

„Was ist das?", fragte er irritiert.

„Du brauchst doch Geld, um Lindenhain zu retten. Hier. Das ist für dich. Für Lindenhain. Es ist nicht viel, aber immerhin ein Anfang. Vielleicht reicht es ja, um die Bank versöhnlich zu stimmen."

Gunnar sah Carolin völlig verdutzt an. „Wo hast du das her?“

„Ich hab kurz mal ’ne Bank überfallen“, kicherte Carolin. „Ne, ganz legal. Ich hab’s gewonnen bei einem Turnier in Berlin. Bei einem Ritt mit Sternentänzer. Super oder?“

Gunnar sah sie an. Ein Lächeln umspielte seine Lippen. „Weißt du was, Caro? Du bist das coolste Mädchen, das ich je getroffen habe!“

Carolin winkte verlegen ab. „Ach was, war ganz easy. Hauptsache, wir können Lindenhain retten.“

Gunnar schüttete den Rest des Kaffees in sich hinein. „Behalt mal dein Geld, Caro. Das brauchst du, wenn du Sternentänzer in einem anderen Reiterhof einmietest.“

Carolin zuckte zusammen. Ihre Hoffnung schwand dahin. „Aber … warum?“

Gunnar drehte die Tasse zwischen seinen Fingern. „Um das alles hier wieder fit zu machen, dafür brauch ich eine ganze Menge Geld, Caro. Das ist total lieb von dir. Aber 5000 Euro sind ein Tropfen auf den heißen Stein. Ohne Kredit von der Bank geht gar nichts. Und die Bankheinis wollen mir keinen geben. Sie sehen in Lindenhain einfach keine Zukunft mehr, verstehst du? Der Brand und all die negative Publicity … Das alles ist ihnen zu unsicher. Sie nannten es ein Fass ohne Boden. Und ohne Kredit kein Lindenhain.“

Carolin sackte in sich zusammen. Gunnar spürte ihre Enttäuschung. Er stellte die Tasse wieder zur Seite und legte den Arm um sie. „Wie auch immer alles weitergeht, Caro. Was du für mich getan hast, werde ich nicht vergessen. Niemals. Du bist ein verdammt tolles Mädchen!“

Carolin spürte, wie Tränen in ihre Augen stiegen.

„Du wirst deinen Weg machen mit Sternentänzer. Auch auf einem anderen Reiterhof, du wirst sehen. Ihr gewöhnt euch rasch ein. Der nächste ist gar nicht so weit weg. Reiterhof Elbach. Ich kenne den Besitzer. Wenn du willst, spreche ich mit ihm."

Ein anderer Reiterhof? Seit ich elf bin, komme ich nach Lindenhain. Fast jeden Tag. Ich will keinen anderen! Carolin versuchte zu schlucken, um den dicken Kloß in ihrem Hals zu unterdrücken.

„Hast du eigentlich mal wieder was von dem Brandstifter, diesem Danny Martens, gehört? Du kanntest ihn doch ganz gut?", fragte Gunnar nach einer Weile.

„Nein", murmelte Carolin. *Und das ist auch gut so,* fügte sie in Gedanken hinzu.

Gunnar kickte einen Stein mit seinem Cowboystiefel zur Seite. „Armer Teufel. Ich kann ihm noch nicht mal richtig böse sein."

Eine Weile beobachteten beide schweigend die Blätter, die sich in den Baumkronen bewegten. Auf einmal bog ein Auto mit laut quietschenden Reifen in die Hofeinfahrt.

Gunnar blickte auf. „Aha, wenn man vom Teufel spricht!"

Carolin sah ihn fragend an.

„Der Knabe von der Bank ist im Anmarsch." Gunnar versuchte ein Lächeln. „Wahrscheinlich will er mir jetzt auch noch mein letztes Hemd ausziehen." Er sah an sich herunter und zwinkerte Carolin zu. „Müsste es aber wohl erst mal in die Reinigung bringen."

Gunnar ging auf Herrn Rodeck zu. Carolin blieb auf der Bank sitzen und beobachtete die beiden.

Neben dem Zwei-Meter-Mann im dunklen, akkurat sitzenden Anzug wirkte Gunnar wie ein kleines, eingeschüchtertes Kind, das man gerade aus dem Sandkasten gezogen hatte. Herr Rodeck hatte seine dunkle Lederaktentasche zwischen seine Beine gestellt und gestikulierte gerade nachdrücklich mit den Armen. Carolin konnte kein Wort verstehen, doch Gunnars niedergeschlagenes Gesicht sagte mehr als tausend Worte. Vor allem das Interesse, das er plötzlich für das Aussehen seiner Schuhspitzen aufbrachte, sprach Bände.

Carolin kaute so heftig auf ihrer Unterlippe, dass sie zu schmerzen begann. Sie drückte ihre Daumen, so fest sie konnte, auch wenn ihre Hoffnung mit jedem Augenblick mehr schwand. Dann erinnerte sie sich wieder an die Vision von Sternentänzer in Berlin. Wieder schob sich das grässliche Bild der aufgewühlten Erde vor ihre Augen. Von dem protzigen Schild mit der Aufschrift „Sporthotel Superfun“. Von Vicky, die wortlos an Gunnar vorbeimarschierte und Lindenhain verließ …

Carolin wurde aus ihren Gedanken geschreckt, als ein dicker, dunkelblauer Mercedes um die Ecke bog und auf den Hof rollte. Alle Blicke richteten sich auf den Neuankömmling. Kurz vor dem Haupthaus blieb er stehen. Ein Mann in Chauffeur-Kleidung stieg aus und öffnete die hintere Tür. Carolin traute ihren Augen nicht, wer da aus dem Auto stieg. Es war Harald von Eschenbach, der Talentsucher aus Berlin. Überrascht klappte Carolin die Kinnlade herunter. Dass er so schnell reagieren würde, hätte sie ganz sicher nicht gedacht.

Er kam zu Carolin herüber und lächelte sie an. „Guten

Tag, Fräulein Carolin", sagte er und streckte ihr seine Hand hin. „Ich war gerade in der Nähe und da dachte ich, ich besuche Sie und Ihren Reiterhof."

„Äh, tja." Carolin nahm seine Hand. „Guten Tag."

Harald von Eschenbach blickte sich kurz um und runzelte ein wenig die Stirn. „Wer ist denn der Besitzer des Hofes?", fragte er dann.

Carolin deutete auf Gunnar und Herrn Rodeck, die beide ratlos zu ihnen herübersahen. Dann stand sie auf und führte den Mann zu den anderen.

„Gunnar Hilmer? Das ist Harald von Eschenbach. Ich hab ihn auf dem Turnier in Berlin kennen gelernt."

„Guten Tag, Herr Hilmer." Herr von Eschenbach lächelte freundlich und reichte auch Gunnar und Herrn Rodeck die Hand, wobei Herr Rodeck sich selbst vorstellte. „Entschuldigen Sie bitte meinen unangemeldeten Besuch. Normalerweise ist das nicht meine Art, aber Fräulein Carolin hat mir so viel von Ihrem Lindenhain erzählt, dass ich ganz neugierig geworden bin."

„Aha." Gunnar nickte und schaute in diesem Moment nicht allzu intelligent drein.

„Dass Fräulein Carolin eine ganz ausgezeichnete Reiterin und ihr Araber ein ausgesprochen vielversprechendes Turnierpferd ist, muss ich Ihnen ja bestimmt nicht sagen." Er räusperte sich und schien es zu vermeiden, einen weiteren Blick auf die vernachlässigte Weide zu werfen. „Und es spricht natürlich ganz deutlich für die Qualität eines Reiterhofes, wenn er solche Talente hervorbringt und unterstützt."

„Hm." Offenbar war Gunnar noch immer sprachlos.

Herr Rodeck stand unterdessen daneben und lauschte mit wachsendem Interesse.

Herr von Eschenbach sah sich um und lächelte. „Sie haben ein herrliches Stück Land hier. Es scheint in der Tat das ideale Trainingsgelände für Distanzritte zu sein."

Carolin bemerkte, dass Herr Rodeck plötzlich aufmerksam eine Braue hob.

Gunnar nickte völlig perplex.

„Tja." Herr Eschenbach hob die Schultern. „Wie immer: Zeit ist Geld, und ich muss mich auch schon verabschieden. Wenn Sie gestatten, würde ich gerne noch einmal vorbeikommen und Ihren Hof besichtigen."

Gunnar nickte erneut. „Sicher. Warum nicht?"

Herr von Eschenbach holte ein kleines Lederetui aus seiner Jackentasche und zog eine Visitenkarte heraus. „Hier schon einmal meine Karte. Und entschuldigen Sie bitte nochmals meinen unangemeldeten Besuch. Auf Wiedersehen, die Herrschaften."

„Wiedersehen", stammelte Gunnar.

Herr von Eschenbach winkte Carolin noch kurz zu, dann setzte er sich in seinen Daimler und gab seinem Fahrer ein knappes Zeichen.

Carolin, Gunnar und Herr Rodeck sahen ihm nach. Dann wandte Herr Rodeck sich schwungvoll an Gunnar.

„Turnierritte?" Er warf einen kurzen Blick auf Carolin. „Das klingt ja sehr interessant. Das sind für uns plötzlich ganz neue Aussichten. Warum haben Sie nicht gleich gesagt, dass Sie hier junge Talente fördern? In ihren Unterlagen war davon nicht die Rede. Das hätte Ihren Stand uns gegenüber erheblich verbessert." Herr Rodeck bückte sich und nahm seine Aktentasche. „Unter den gegebenen Umständen sollten wir doch noch mal ein wenig abwarten, wie sich die Dinge entwickeln, ehe wir eine endgültige Entscheidung treffen.“ Er blickte auf die Uhr. „Ich habe leider gleich noch einen Termin, aber ich werde gegen Ende der Woche noch einmal bei Ihnen vorbeischauen. Guten Tag, Herr Hilmer.“

Er nickte Gunnar und Carolin kurz zu, dann ging er.

Gunnar blickte zu Carolin. „Caro, kannst du mir bitte erklären, was da gerade passiert ist?“

Carolin grinste. „Ich schätze, Lindenhain bekommt noch eine Chance.“ Sie erklärte ihm, wie sie Herrn von Eschenbach kennen gelernt hatte, und allmählich hellte sich auch Gunnars Gesicht auf.

„Carolin, du bist einfach großartig!“ Er packte sie, umarmte sie und gab ihr einen dicken Kuss auf die Wange. Dann setzte er sie wieder auf dem Boden ab. „Dann sollte ich mich jetzt schleunigst mit diesem Eschenbach einigen. Was meinst du?“

„Oh ja. Die gute Nachricht muss ich sofort Lina mitteilen“, rief sie Gunnar kurz zu und rannte auch schon zu ihrem Bike.

Schwimmversuche und Verwandtenbesuche

Während Carolin zur Wohnwagenwiese am Rand von Lindenhain radelte, wirbelten die Gedanken durch ihren Kopf wie lose Blätter im Herbstwind. Hoffentlich würden sich Gunnar und dieser Eschenbach einigen! Allerdings würde sie dann wohl tatsächlich eine Laufbahn als Turnierreiterin starten müssen … Sie dachte an das unvergleichliche Gefühl, als sie mit Sternentänzer über die Zielgerade geschossen war. Plötzlich musste sie kichern. *Dann könnte ich mir ja auf Sternentänzer schon mal vorher den Ausgang des Rennens ansehen und nur mitmachen, wenn ich weiß, dass wir gewinnen. Es sei denn …* Plötzlich trat sie auf die Bremse. Was war, wenn Sternentänzer gar nicht mehr zuverlässig in die Zukunft sehen konnte? Immerhin hatte er auch den Abriss von Lindenhain vorhergesagt. Sie erinnerte sich noch ganz genau an die seltsam verzerrte Vision. Sollte doch alles vergeblich gewesen sein? Bisher hatte er sich doch noch nie geirrt! Allerdings war auch die Vision noch nie so komisch gewesen. Carolin fuhr sich durch die Haare. Vielleicht wusste Lina Rat. Sie setzte ihr Bike wieder in Bewegung und holperte den Grasweg entlang, bis zu dem Wohnwagen, in dem Lina mit ihren Eltern lebte. Dort ließ sie das Rad ins Gras sinken und klopfte an die Tür.

„Und? Wie war's?" Lina streckte ihren wuscheligen Lockenkopf zur Tür heraus.

„Neue Hoffnung für Lindenhain", verkündete Carolin. „Allerdings wollte Gunnar keinen Cent von meinem Gewinn haben."

„Wie? Keinen Cent, aber trotzdem …?" Lina zog Carolin in das Innere des Wohnwagens und holte eine Cola aus dem Kühlschrank. „Erzähl das mal genauer!"

„Also", begann Carolin die ganze Geschichte und versuchte sich vergeblich darin, Gunnars Gesichtsausdruck passend zu beschreiben.

„Ich glaub's echt nicht." Lina schüttelte den Kopf, dass die Locken nur so flogen. „Ich hätte nie gedacht, dass der hier aufkreuzt. Meinst du, er wird in Lindenhain investieren?"

„Das entscheidet sich bei seinem nächsten Besuch. Bis dahin sollten wir Gunnar helfen, den Laden wieder ein bisschen auf Vordermann zu bringen. Seit Nick nicht mehr da ist …" Sie brach ab und bemerkte ein unangenehmes Gefühl in der Magengegend.

„Unbedingt. Und dann heißt es: Daumendrücken ohne Ende."

„Diesen komischen Eschenbach hat der Himmel geschickt", nickte Carolin. „Der kam ganz genau im richtigen Moment. Nur ein paar Minuten später und der Bankheini wäre schon weg gewesen und Lindenhain wahrscheinlich verloren."

Lina grinste. „Alles kommt so, wie es kommen soll, würde Ami jetzt sagen."

„Hm." Carolin blickte zu Boden. „Nach Sternentänzers Vision müsste jetzt doch noch irgendwie alles schief gehen …"

Lina zuckte mit den Schultern. „Kopf hoch. Vielleicht kann sich auch dein Sternentänzer mal irren."

„Ob es mit der fremden Umgebung zusammenhing?"

„Keine Ahnung. Frag doch mal Ami."

„Ist sie da?"

„Ne. Im Moment ist sie unterwegs, Kräutersammeln."

„Ich dachte, sie pflückt nur morgens."

Lina verdrehte die Augen. „Ach Caro, du musst noch so viel lernen. Es gibt Kräuter, die entfalten ihre Wirkung mit dem Morgentau, andere sind Spätzünder und müssen zu einem anderen Zeitpunkt gesammelt werden. Wieder andere müssen vom Vollmond beschienen werden oder von der Septembersonne …"

„… und wann kommt Ami wieder?"

Lina zuckte mit den Schultern. „Das wissen nur die Kräuter. Versuch es am besten morgen wieder."

„Toll. Morgen ist Schule."

Lina verzog den Mund. „Oh. Stimmt ja. Gut, dass du's erwähnst. Hätte ich doch glatt vergessen." Sie seufzte tief. „Dann sollten wir den letzten Tag aber wenigstens noch sinnvoll nutzen."

„Ja. Wir helfen Gunnar mit Lindenhain."

„Nee. Das können wir morgen nach der Schule auch noch machen. Heute …" Sie überlegte einen Moment. „Heute gehen wir schwimmen."

„Ich hab gar nichts dabei …", protestierte Carolin.

Lina ging zum Schrank, zog eine Schublade auf, nahm

einen Badeanzug heraus und warf ihn Carolin zu. „Müsste dir passen."

„Aber ich …", protestierte Carolin.

„Ich weiß, dass du nicht richtig schwimmen kannst. Höchste Zeit, endlich mein Versprechen einzulösen!"

Carolin und Lina folgten dem Pfad durch die Wohnwagenwiese zwischen hohen Bäumen hindurch. Es war schwül und die Luft duftete intensiv nach Tannennadeln und Harz. Nach einer Weile wurde der Wald noch dichter und schien sich schützend um den See zu schließen, auf dem die Seerosen in voller Blüte standen. Die Sonne spiegelte sich auf dem Wasser und ließ es wie einen verzauberten Spiegel wirken. Das war Linas Lieblingsplatz. An diesem See hatten die beiden Mädchen Freundschaft geschlossen. Carolin erinnerte sich noch ganz genau an diesen Tag. Und daran, dass Lina versprochen hatte, ihr bis zum nächsten Sommer Schwimmen beizubringen. *So wahr ich Lina Schniggenfittich heiße.* Inzwischen waren schon zwei Sommer vergangen.

Lina suchte einen Platz am Ufer und zog ihre Schuhe aus. „Das ist außerdem die beste Gelegenheit, unsere Freundschaftstattoos zu taufen!"

Carolin grinste. „Gut, dass ich dazu nur meine Füße ins Wasser halten muss."

Lina zog sich bis auf ihren Badeanzug aus und hechtete mit einem schnellen Sprung kopfüber ins Wasser. „Ah, ist das erfrischend!", rief sie Carolin zu. „Jetzt du!"

Carolin stand unschlüssig am Ufer. „Ich weiß nicht. Das Wasser ist tief und das bisschen Schulschwimmen … Hier gibt's auch keinen Bademeister …"

Lina spritzte ihr einen Schwall Wasser entgegen. „Zieh wenigstens mal den Badeanzug an!"

„Na schön." Carolin kannte Lina inzwischen gut genug, um zu wissen, dass, wenn sie sich mal was in den Kopf gesetzt hatte, es kein Entrinnen mehr gab. Rasch schlüpfte sie in Linas Badeanzug. Irgendwie war ihr das Wasser alles andere als geheuer.

„Komm schon!", lockte Lina ungeduldig. „Drücken gilt nicht!"

Behutsam tapste Carolin zum See. Sie mochte es ganz und gar nicht, wenn sie das Gefühl des festen Bodens unter den Füßen verlor. „Sind da Schlingpflanzen?", fragte sie vorsichtig.

„Nein. Nur ein paar Fische, die dich an den Füßen kitzeln."

„Was?" Carolin schreckte zurück bei dem Gedanken zwischen glibberigen Fischen herumzuwaten.

Lina lachte und drehte im Wasser einen Purzelbaum. „Du Hasenfuß! Die Fische haben sicher mehr Grund, dich zu fürchten. Keine Angst. Die haben sich schon alle verkrümelt." Lina kam zu ihr ans Ufer und nahm Carolins Hand. „Du kannst Turniere reiten, du kannst ganze Reiterhöfe retten, du kannst in die Zukunft blicken und du kannst auch schwimmen, Caro. Du kannst alles, wenn du willst! Vertrau mir. Ich halte dich schon fest!"

„Okay." Carolin atmete tief ein. „Geh aber bloß nicht weg!"

„Nein." Lina lachte wieder. „Das Wasser beißt doch nicht."

Carolin schloss für einen Moment die Augen und erinnerte sich daran, wie die Lehrerin sie festgehalten und ihnen die Bewegungen erklärt hatte. Sie spürte Linas Hand, spürte die Sicherheit, die sie vermittelte, und hatte für einen Moment das Gefühl zu fliegen, bis sie die Augen öffnete.

„Lina!" Sie schrie auf und begann wie wild zu plantschen. Sie war mitten auf dem See. Lina hatte sie nicht festgehalten, sondern war einfach nur neben ihr hergeschwommen.

„Was denn? Bis eben war es doch wunderbar! Bleib ruhig, Caro. Oder spürst du irgendwo Schlingpflanzen?"

Carolin strampelte wieder ans Ufer zurück und spuckte dort Wasser, das sie in ihrer Aufregung geschluckt hatte. „Du hast mich losgelassen!", fauchte sie Lina an. „Und das mitten auf dem See. Ich wäre beinahe ertrunken!"

„Du hattest keinerlei Probleme, Caro. Naja. Jedenfalls bis du die Augen geöffnet hast. Ich bin stolz auf dich!"

Carolin rieb sich das Wasser aus den Augen. „Echt?"

„Klar. Probier's doch einfach noch mal."

Es dauerte ein paar Minuten, doch dann fand Carolin noch einmal den Mut dazu, sich in das düstere Wasser hinaus zu wagen. Lina hatte Recht. Es klappte ohne Probleme. Dennoch war es ein komisches Gefühl. Carolin spürte, wie es in ihrem Magen rumorte, und schwamm bald wieder ans Ufer zurück. Die Erde unter den Füßen war ihr doch lieber.

Lina folgte ihr und schüttelte ihre Haare wie ein nasser Hund. „Was ist? Hast du Hunger?"

„Und wie!", nickte Carolin und stapfte aus dem Wasser.

„Soll ich uns einen Fisch fangen?"

„Ähm …“

Lina grinste breit. „Ich weiß, die Gräten. War ja nur ein Witz. Aber willst du bei uns essen? Meine Mutter kocht toll.“

Carolin schlüpfte aus dem nassen Badeanzug. „Geht nicht, ich muss nach Hause.“ Sie sah auf die Uhr. „So ein Mist, schon fast sieben Uhr. Meine Mutter killt mich!“

Als Carolin zur Haustür herein stürmte, saßen ihre Mutter und Tante Annabel samt ihrer drei Kinder, der zwölfjährigen Silvia, dem zehnjährigen Tim und dem fünfjährigen Christoph, bereits am Tisch. Annabel Strothmann war Ines' Schwester und von ihren Kindern war eines langweiliger als das andere. Auch wirkten Ines und Annabel ganz und gar nicht so, als wären sie miteinander verwandt. Annabel wog etwa dreimal so viel, trug bevorzugt weite Röcke und hatte ihre Haare meistens streng hochgesteckt. Obwohl sie jünger als Ines war, wirkte sie viel älter.

Zum Anlass ihres Besuches hatte Ines extra die weiße Spitzentischdecke aufgelegt, das Silberbesteck herausgeholt und Sauerbraten, Annabels Lieblingsspeise, gekocht. Normalerweise experimentierte Ines gerne mit exotischen Gerichten, wenn sie schon mal kochte. Doch bei Annabel wagte sie lieber keine Experimente.

„Ach nein. Carolin gibt sich also doch noch die Ehre.“ Annabel wedelte mit der Gabel. „Wir haben schon mal ohne dich angefangen.“

„Hallo, Tante Annabel“, grüßte Carolin ein wenig übertrieben und schaute dann schuldbewusst ihre Mutter an.

Ines warf ihr einen strafenden Blick zu. „Sechs war ausgemacht, nicht sieben." Sie wandte sich an ihre Schwester und seufzte. „Du weißt ja, wie Kinder in dem Alter sind."

Annabel musterte Carolin von oben bis unten. „Wo haben sie dich denn rausgezogen, Kind? Du hast ja ganz nasse Haare! Dass sie sich mal nicht erkältet. Das geht schnell, Ines, das weißt du ja."

„Würdest du bitte nach oben gehen und deine Haare trocknen!", fauchte Ines Carolin zu.

Nichts lieber als das. Carolin hasste Tante Annabels Besuche und sie hasste auch die Kuchennachmittage bei ihr in ihrem spießigen Reihenhaus. Sie fragte sich, warum ihre Mutter sich immer wieder darauf einließ. Schließlich hatte sie auch nicht gerade das beste Verhältnis zu ihrer Schwester. Aber sie versuchte zumindest an den zwei Malen, die sie sich im Jahr sahen, gute Miene zum bösen Spiel zu machen. Normalerweise trafen sie sich bei Tante Annabel zum Kuchenessen, aber diesmal – so vermutete Carolin – hatte Tante Annabel wohl von der Scheidung erfahren. Da sie ebenso neugierig wie klatschsüchtig war, wollte sie nun offenbar alle Einzelheiten aus erster Hand wissen.

„Was hast du denn Hübsches in den Ferien unternommen?", fragte Annabel, als Carolin frisch geföhnt und getrocknet am Tisch saß.

„Ich war in Berlin", erzählte sie und packte sich eine Scheibe Braten auf den Teller.

Annabel runzelte die Stirn. „In Berlin, soso. In einem Jugendlager?"

„Nö. Ganz allein mit einer Freundin. Wir haben bei einem Feuerschlucker gewohnt und es uns so richtig gut gehen lassen." Am liebsten hätte Carolin ihr auch von dem Tattoo-Studio erzählt, aber Annabels Gesicht reichte auch so schon aus.

Ein wenig schockiert tupfte ihre Tante sich den Mund mit ihrer Serviette ab. „Ines! Ist das wahr? Wie kann man als Mutter denn so etwas zulassen?", rief sie aufgebracht.

Ines zuckte nur mit den Schultern. „Frag Paul."

Tante Annabel schaufelte sich noch einmal den Teller voll. „Es ist ja so tragisch, wenn Familien auseinanderbrechen. Da gibt es keine Kontrolle mehr. Jeder ist nur noch mit sich selbst beschäftigt und die armen Kinder bleiben auf der Strecke und verwahrlosen. Ach!" Sie seufzte tief. „Ich bin nur froh, dass ich mich auf meinen Heinz verlassen kann. Der schaut keine andere an."

Den würde auch keine andere nehmen, überlegte Carolin und dachte an den kleinen dicken Mann mit Beinahe-Glatze und ständig feuchten Händen. Dabei fiel ihr auch die Haarlocke wieder ein, mit der er hoffnungsvoll seinen zunehmend kahleren Schädel zu verstecken versuchte, und die selbst bei schwachem Wind ziemlich peinlich herumflatterte.

„Mama, dürfen wir fernsehen?", erkundigte sich Silvia mit lang geübter Quengelstimme und spielte dabei mit einem ihrer Zöpfe. Ein bisschen erinnerte sie Carolin immer an Heidi. Allerdings interessierte sie sich dafür zu sehr für Schminke und Soaps im Fernsehen. Auch hatte sie Angst vor Pferden. Tim hingegen hatte nur Fußball im Kopf und Christoph war noch wie ein Baby. Wenn sich Carolin die drei so ansah, dann war sie jedes Mal heilfroh, dass sie ein Einzelkind war.

„Da musst du Ines fragen. Wir sind hier nur zu Gast.“ Annabel griff nach ihrem Weinglas und spreizte dabei geziert den kleinen Finger ab.

„Tante Ines, dürfen wir fernsehen?“

Ines nickte nur kurz. „Meinetwegen.“ Sie sah Carolin, die sich gerade erheben wollte, finster an. „Du bleibst sitzen.“

„Was hast du denn alles erlebt in Berlin?“, wollte Tante Annabel wissen.

Carolin grinste. *Na schön. Ihr wollt es ja nicht anders.* „Mal sehen … Ich bin im Dunkeln ausgeritten, hab an einem Turnier teilgenommen, mitten in den Nacht einen Verbrecher zur Strecke gebracht und … Ach ja. Ein Tattoo habe ich mir auch noch stechen lassen.“

Tante Annabel tupfte wieder mit ihrer Serviette und bemühte sich um ein Lächeln. „Kindchen. Du hast den gleichen merkwürdigen Humor wie dein Vater.“ Sie warf Ines einen irgendwie gehetzten Blick zu. „Sei bloß froh, dass du den los bist.“ Tante Annabel hatte Paul nie leiden können und das hatte auf absoluter Gegenseitigkeit beruht. Ihr Vater war immer rechtzeitig vor Annabel geflohen, wenn ihr Besuch drohte. „Sag mal, er zahlt doch weiter, oder?“, fragte Annabel dann, während sie den letzten Rest Braten von der Platte fegte.

„Jaja, keine Sorge.“ Ines winkte ab.

„Es geht mir nur um dich, Ines.“ Annabel fuchtelte mit der Gabel. „Nicht, dass ihr auf einmal mittellos da steht. Du und Carolin.“

„Keine Sorge, Annabel. Bei dir stehen wir bestimmt nicht auf der Matte“, entgegnete Ines, der langsam der Kragen platzte.

Tante Annabel schob den Teller weg. „Ich meine es ja nur gut mit dir."

„Ja sicher." Carolins Mutter stand auf und trug die Teller in die Küche.

„Dennoch seid ihr bei mir jederzeit herzlich willkommen, aber das weißt du ja hoffentlich."

Carolin griff sich unwillkürlich an die Kehle. *Bevor ich zu Tante Annabel in ihr Reihenhaus mit den Häkeldeckchen ziehe, schlafe ich lieber unter einer Brücke,* dachte sie und machte erneut einen Versuch, sich zu den anderen vor den Fernseher zu gesellen.

Doch Tante Annabel war schneller. Mitleidig sah sie Carolin an. „Das ist bestimmt alles nicht so leicht für dich, Kindchen."

„Ach was. Mam und ich, wir kommen klar."

„Wenn Ines arbeiten muss, bekommst du ja nicht einmal etwas Vernünftiges zu essen. Bist ja nur noch Haut und Knochen, Kindchen."

„Caro kommt schon nicht zu kurz, mach dir keine Sorgen." Ines kam mit dem Nachtisch, Erdbeeren mit Sahne und Vanilleeis, zurück.

Tante Annabel zückte ihren Löffel. „In den Herbstferien kommst du mal ein paar Tage zu uns, Carolin. Bestimmt gibt es in der Nähe auch irgendwelche Ponyhöfe."

Carolin musste husten. *Nur über meine Leiche*, dachte sie und war heilfroh, dass die Besuche der Familie Strothmann nie allzu lange dauerten. Schon bald, nachdem der Nachtisch verputzt war, zogen sie endlich wieder ab.

Versöhnung und Neubeginn

Das Schlimme an den Sommerferien ist die lange Wartezeit, bis sie wiederkommen, überlegte Carolin, während sie am nächsten Morgen in die Schule radelte. *Und dass dazwischen ewig viele Schultage liegen.*

Sie war die letzte, die in das Klassenzimmer schlüpfte.

„Mein Cluburlaub in der Türkei war absolute Spitzenklasse“, verkündete Julia gerade, braungebrannt und bester Laune. Der Rest der Klasse stand um sie herum und lauschte andächtig. „Das Meer azurblau und erst die Wellen! Wir haben eine Bootstour an den Buchten entlang gemacht. Ich sag euch: Das war absolut genial! Außerdcm“, sie warf einen raschen Seitenblick auf Carolin, „gab es dort ein Gestüt, in dem lauter Andalusier gezüchtet werden. Ich habe dort sogar ein wenig Reitunterricht bekommen. Mein Reitlehrer meinte, ich hätte dafür eine ganz besondere Begabung. Aber“, sie senkte geheimnisvoll die Stimme, „am besten war mein Tauchlehrer. Australier, dunkelknackbraun gebrannt und obersüß. Er besucht mich im Winter, hat er versprochen. Und dann hab ich noch ein extrascharfes Souvenir!“ Julia zog ihr T-Shirt hoch. „Was sagt ihr zu meinem megacoolen Bauchnabelpiercing?" Triumphierend sah sie in die Runde. „Und ihr? Wie war's bei euch?"

„Ich hatte den Sommer meines Lebens", schwärmte Tina. Die anderen sahen sie erstaunt an. Tatsächlich sah sie rundherum glücklich aus. Noch ein wenig dicker als zuvor, aber happy.

„Bist du doch noch weggefahren?", fragte Julia neugierig.

„Nee, ich hab die Ferien in der Eisdiele verbracht", kicherte Tina. „Stellt euch vor: Ich hab einen Ferienjob dort bekommen. Stracciatella, Erdbeer, Kirsch den ganzen Sommer lang und das in rauen Mengen. Und dafür hab ich dann auch noch Kohle bekommen!" Tina grinste wie ein Honigkuchenpferd.

Julia, die Expertin für solche Zustände, witterte sofort Lunte. „Das ist doch noch nicht alles, Tinchen. Du verschweigst uns doch was. Raus mit der Sprache."

„Er heißt Giovanni", gluckste Tina und verdrehte schwärmerisch die Augen, „und ist der Neffe des Eisdielenbesitzers. Er kommt aus Neapel und hat hier zwei Wochen Ferien bei seinem Onkel gemacht."

„Und ihr habt zusammen jeden Tag Stracciatella geschleckt", vermutete Julia.

Tina bekam einen roten Kopf. „Natürlich nicht! Ich hab ihn ja kaum verstanden. Er sprach nur italienisch und er war auch nur ein paar Mal in der Eisdiele. Aber er war so süß! Ich will jetzt unbedingt italienisch lernen!"

Damit war das Thema für Julia schon wieder uninteressant. „Und wie war's bei dir, Caro?", erkundigte sie sich kurz, gab sich aber gleich selbst die Antwort. „Ich vergaß, du warst ja nur bei deinen Pferden."

„Stimmt." Carolin zwinkerte Lina zu. „Ich war nur bei den Pferden."

„Und du, Heike? Wie war's an der Nordsee?"

„Abgesehen davon, dass das Wetter meistens mies war, ich eine Mandelentzündung und eine Muschelvergiftung hatte, Chris, der coolste Typ aus meiner Strandclique mit einer voll doofen Schnepfe da war, total klasse."

Julia klatschte in die Hände. „Ich sehe schon, alle sind total happy, dass sie wieder in die Schule dürfen. Außer mir natürlich", fügte sie noch schnell hinzu, bevor Armin Pfefferbeißer in das Klassenzimmer trat. Auch er schien sich gut erholt zu haben, denn sein pickliges Milchgesicht hatte einen rosigen Schimmer. Außerdem hatte er offenbar seine Nickelbrille entsorgt und sich ein neues Modell gegönnt. Mit blutrotem Rahmen.

„Dann wollen wir mal mit neuem Schwung in ein neues Schuljahr starten." Er blickte in die Runde. „Alle wieder gesund aus den Ferien zurückgekehrt?"

Carolin weilte mit ihren Gedanken bereits wieder ganz woanders und blinzelte aus dem Fenster. *Hoffentlich gelingt es uns, aus Lindenhain wieder den Reiterhof zu machen, der er einmal war.*

Zum Glück dauern erste Schultage nicht lange und nach drei Stunden waren sie schon wieder entlassen. Anschließend radelte Caro mit Lina zur Wohnwagenwiese, um Ami einen Besuch abzustatten.

Als sie wenig später die Tür zu Amis kunterbuntem

Wohnwagen öffneten, duftete es nach Jasmintee und frischen Kräutern. Überall im Wohnwagen standen geflochtene Holzkörbe voller Grünzeug.

„Ami?", rief Lina vergnügt, doch offenbar war sie nicht im Wohnwagen. „Hm. Wahrscheinlich ist sie gleich wieder da." Lina griff nach der Teekanne und füllte die bereitstehenden Tassen. „Aber wie es aussieht, hat sie schon auf uns gewartet. Deckung!"

Carolin hörte nur ein Flügelschlagen, als etwas Fedriges gegen ihr Gesicht schlug. Mit einem Satz sprang sie auf. „Was war denn das?"

Lina grinste. „Das ist Amis neues Pflegetier. Ein kleiner Rabe, der aus dem Nest gefallen war. Offenbar liebt er den Duft von Amis Kräutern und weigert sich nun, freigelassen zu werden. Ami meint, er sei recht nützlich, da er nun schon derart auf die Kräuter trainiert ist, dass er ihr gelegentlich bei der Suche hilft." Lina nippte an ihrem Tee.

Carolin musterte den schwarzen Vogel. „Ist der nicht viel zu groß für so einen Wohnwagen?"

Lina zuckte mit den Schultern. „Er kann fliegen, wohin er will, aber er tut es einfach nicht. Vielleicht mag er enge Behausungen."

Klimpernde Ohrringe kündigten an, dass Ami zurück war. Sie öffnete die Tür und ihre grünen Augen blitzten, als sich ein Rest des Sonnenlichts draußen darin verfing. „Hallo, ihr beiden", begrüßte sie die Mädchen und registrierte mit einem Lächeln, dass die beiden bereits eine Tasse in der Hand hielten. Dann wandte sie sich Carolin zu. „Du bist hier, um mich nach meinem Rat zu fragen?"

„Ja." Carolin nickte. „Ich hatte in Berlin ein Vision auf Sternentänzer. Sie zeigte mir den Untergang von Lindenhain. Überall standen Bauwagen und Bagger herum. Und jetzt spricht alles dafür, dass Lindenhain gerettet werden kann. Wie ist das möglich, Ami? Hat sich Sternentänzer getäuscht?"

Ami warf ihre langen ergrauten Wallehaare zurück. Dabei klimperten ihre Ohrringe wie ein Glockenspiel im Wind. „Wie hast du denn die Vision empfunden?", hakte Ami nach.

„Na wie schon? Als entsetzlich natürlich!"

Ami lächelte. „War sie wie die Visionen, die du zuvor schon auf Sternentänzer hattest?"

„Sicher. Erst hat er Gas gegeben und dann kamen die Bilder …" Carolin brach ab und biss sich auf die Lippe. „Aber irgendwie sahen sie schon anders aus. Noch verzerrter als sonst."

Wieder lächelte Ami dieses wissende Lächeln. „Meine liebe Caro. Dein Pferd hat eine wunderbare Gabe. Und offenbar hast du gerade eine neue Facette davon erfahren dürfen." Sie sah Carolin mit ihren geheimnisvollen Augen intensiv an. „Die Gabe hat sich nicht getäuscht, Carolin."

„Aber ich verstehe das nicht! Heißt das, dass Lindenhain doch noch abgerissen wird? Oder war die Vision deshalb so verschwommen, weil es noch ganz ganz weit in der Zukunft liegt?"

Ami griff nach einer Tasse und goss sich in aller Ruhe Tee ein.

In diesem Moment hätte Carolin sie dafür würgen können, dass sie sie derart auf die Folter spannte.

„Sternentänzer hat dir die Zukunft gezeigt. Zumindest die Zukunft, die zu diesem Zeitpunkt die wahrscheinlichste war. Du musst wissen, dass alle Dinge einem ständigen Wandel unterliegen. Jetzt, da wir hier sitzen und reden, werden wichtige Entscheidungen getroffen, die auf das, was wir morgen erleben, ihren Einfluss nehmen können."

Carolin sah Lina an, doch diese zuckte auch nur mit den Schultern.

„Den Verlauf der Zukunft zu bestimmen, liegt in unseren Händen." Ami trank einen großen Schluck. „Wir alle weben unsere Fäden in das große Muster des Lebens mit ein. Indem du nicht aufgegeben, sondern um das gekämpft hast, was dir etwas bedeutet, hast du selbst die Zukunft, die Sternentänzer gesehen hat, verändert. Sternentänzer ist lediglich der Schlüssel, Carolin. Die Tür öffnen kannst immer nur du selbst."

„Ich glaube, ich hab's kapiert!", nickte Lina. „Sternentänzers Visionen zeigen die Zukunft, wie sie sein wird, wenn wir nichts daran verändern. Und normalerweise können wir nichts daran verändern, weil wir sie ja nicht kennen …"

Ami lächelte, trank noch einen Schluck und stellte ihre Tasse dann beiseite. „Und jetzt lasst mich bitte wieder allein, Kinder." Sie deutete auf die Körbe. „Es sei denn, ihr wollt mir beim Sortieren helfen."

Hastig standen Carolin und Lina auf.

„Lieber nicht, Ami!" Lina drückte ihrer Großmutter einen Kuss auf die Wange. „Sonst bringen wir noch deine ganzen Kräuter durcheinander und dein Zauber wirkt nicht mehr. Außerdem müssen wir noch nach Lindenhain." Sie zwinkerte Ami zu. „Die Zukunft in die Hand nehmen!"

Carolin staunte nicht schlecht, als sie durch die Einfahrt nach Lindenhain bogen. Da stand Gunnar und kehrte den Hof. Er trug Jeans und ein blütenweißes T-Shirt. Die Bartstoppeln, sogar die abstehenden Bartreste, waren verschwunden und seine Augen blitzen unternehmungslustig.

„Hallo Mädels!", rief er ihnen zu.

Carolin pfiff leise durch die Zähne. „Der sieht heute ja richtig flott aus. Kein Vergleich mehr zu vorgestern!"

„Hallo Gunnar. Wir wollten fragen, ob du ein bisschen Hilfe gebrauchen kannst?"

„Immer. Der Stall muss noch ausgemistet werden."

„Wie geht es Vicky?", erkundigte sich Lina, doch Gunnar verzog nur das Gesicht.

Mit einem düsteren Stirnrunzeln hob er die Schultern. „Keine Ahnung. Sie redet immer noch nicht mit mir. Aber sie ist im Haus und hängt dort die Urkunden wieder auf. Du kannst sie ja selbst fragen."

Lina seufzte und winkte Carolin zu, ihr in den Stall zu folgen. „Wir müssen was unternehmen", beschloss sie energisch. „Das mit Gunnar und Vicky geht so nicht weiter. Auf diese Weise schaffen sie es nie, Lindenhain wieder auf Vordermann zu bringen."

„Stimmt." Carolin nickte. „Hast du eine Idee?"

„Noch nicht."

„Und Nick müssen wir auch irgendwie wieder aufstöbern."

„Genau. Ein Lindenhain ohne Nick ist einfach undenkbar!"

Gemeinsam machten sie sich daran, den Stall auszumisten und die Futterkrippen wieder auf Hochglanz zu bringen. Danach gönnten sie sich erst einmal eine kleine Verschnaufpause auf der Bank.

„Was jetzt?“, fragte Lina.

„Die Weide.“ Carolin deutete auf das noch immer kniehohe Gras. „Zuallererst sollten wir den Rasen mähen, damit die Pferde sich wieder richtig austoben können.“ Sie sah sich nach Gunnar um. „Wo ist der Rasenmäher?“

Gunnar zuckte mit den Achseln. „Ehrlich gesagt, keine Ahnung. Das hat Nick immer alles erledigt.“

„In dem kleinen Abstellraum neben der Sattelkammer“, hörten sie plötzlich Vicky, die aus dem Haus gekommen war und nun hinter ihnen stand.

„Vicky!“ Gunnar sprang auf und wirkte plötzlich verlegen wie ein Teenager.

„Ich dachte, ich schau mal nach dem Rechten, was ihr hier so treibt.“ Ein leicht versöhnliches Lächeln glitt über ihr Gesicht. „Und ganz offensichtlich habt ihr noch eine helfende Hand nötig, wenn ihr diese Grasberge bewältigen wollt.“ Sie krempelte sich die Ärmel ihrer Bluse hoch.

„Schön, dass du uns helfen willst“, murmelte Gunnar, nach Worten suchend.

Vicky nickte nur.

Gemeinsam schufteten sie bis zum Abend, als ihnen plötzlich auffiel, dass Gunnar verschwunden war.

„Das darf doch nicht wahr sein!“ Vicky stemmte ihre Hände in die Seiten. „Wenn er sich jetzt wieder vor den Fernseher verdrückt hat, dann setzt es was!“ Sie marschierte zum Haus hinüber, blieb aber abrupt stehen.

Carolin und Lina, die ihr gefolgt waren, um Schlimmeres zu verhindern, mussten plötzlich grinsen.

Da stand Gunnar inmitten von Vickys kleinem Garten und kämpfte mühsam gegen Unkraut, abgeknickte Rosenranken, aus der Form geratene Pflanzen und Büsche und sah geradezu Mitleid erregend aus. Er hatte nie einen Hehl daraus gemacht, dass er mit Pflanzen nicht allzu viel anfangen konnte und er hätte es niemals deutlicher beweisen können, als mit seinen jetzigen Versuchen, Vickys ehemalige Blütenpracht wiederherzustellen.

Sogar Vicky musste lachen. „Komm da raus, bevor du auch noch die letzte Blume ausreißt, um hässliches Unkraut zu retten.“ Sie nahm ihm eine Studentenblume aus der Hand und pflanzte sie wieder ein.

„Es sollte eine Überraschung werden. Und eine Entschuldigung. Vicky, es tut mir ehrlich Leid ...“

„Glaub nicht, dass es so einfach ist.“ Vicky hauchte ihm einen versöhnlichen Kuss auf die Wange. „Ich nehme deine Entschuldingung an, aber es wird dich ein bisschen mehr Aufwand kosten.“

Gunnar grinste erleichtert. „Liebend gerne. Vicky, für dich würde ich auch ein ganzes Blech mit deinen Spezialkuchen verspeisen.“

Die beiden Mädchen prusteten los, da sie wussten, wie übel selbst ein kleines Stück von Vickys Kuchen sein konnte, aber Vicky unterdrückte ein Grinsen.

„Das wäre immer noch zu einfach, aber schon ein Anfang. Jetzt kommt erst einmal mit ins Haus. Ich koche uns eine riesige Kanne Kakao.“

Kurz darauf saßen sie vor ihren dampfenden Tassen und berieten, was man noch alles unternehmen könnte, um Lindenhain eindrucksvoll wieder herzurichten.

Plötzlich klingelte jedoch das Telefon und Gunnar erhob sich, um im Nebenzimmer zu verschwinden. Nach einer ganzen Weile kam er wieder heraus und sah müde, aber auch erleichtert aus.

„Es war der Mensch von der Bank. Wie es aussieht, bekommen wir den Kredit, wenn wir das Konzept unseres Reiterhofes ein wenig verändern. Turniere werden dabei wohl ein absolutes Muss sein. Lindenhain braucht die Publicity.“

„Und da freust du dich nicht?“ Carolin jubelte.

„Doch, natürlich. Aber das Ganze ist mit verdammt hohem Risiko verbunden. Es wird eine ganze Zeit dauern, bis wir das Ferienhaus wieder aufgebaut haben und damit Geld verdienen können. Und wenn das nicht gut läuft …“ Gunnar lehnte sich auf seinem Stuhl zurück und zuckte mit den Schultern.

„Hör auf, schon wieder schwarz zu sehen“, brummte Vicky. „Gerade haben wir die Chance bekommen, auf die wir seit Monaten warten, und dieser alte Griesgram will sich nicht einmal freuen. Ich finde, das ist ein Grund zu feiern.“ Sie verschwand in der Küche, um ein paar Sandwichs zu schmieren.

Carolin blickte aus dem Fenster über die weite, grüne Weide bis zu den alten knorrigen Linden auf dem Hügel und ein wunderbares, warmes Glücksgefühl breitete sich in ihr aus, von den Haarspitzen bis zu Zehen. Lina folgte ihrem Blick.

„Wir schaffen das“, murmelte sie leise. „Du wirst sehen. Zusammen machen wir Lindenhain wieder zu dem, was es war. Oder vielleicht noch ein bisschen besser.“